机《つくえ》の下のウサキヌ

岡田淳

もくじ

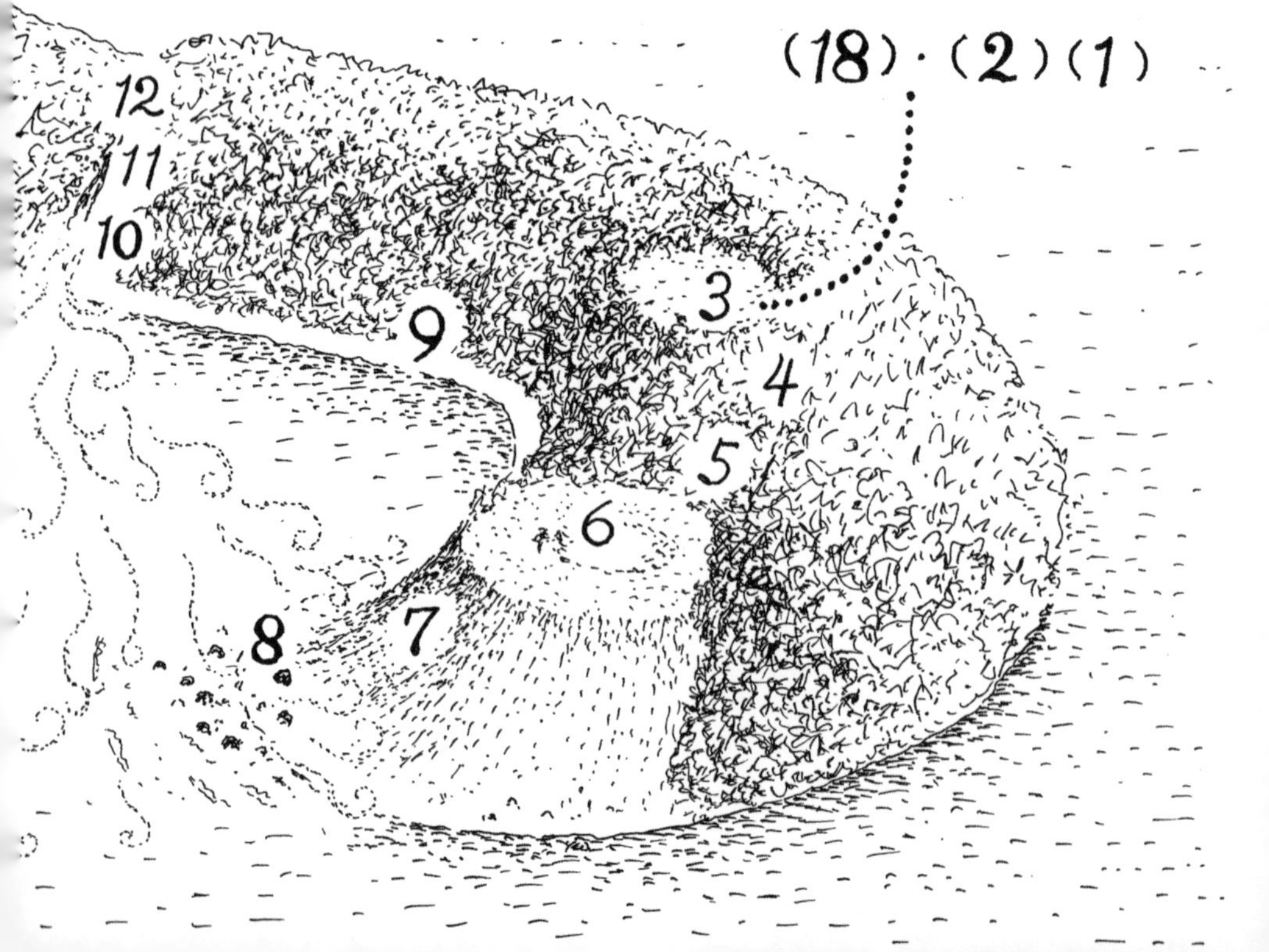

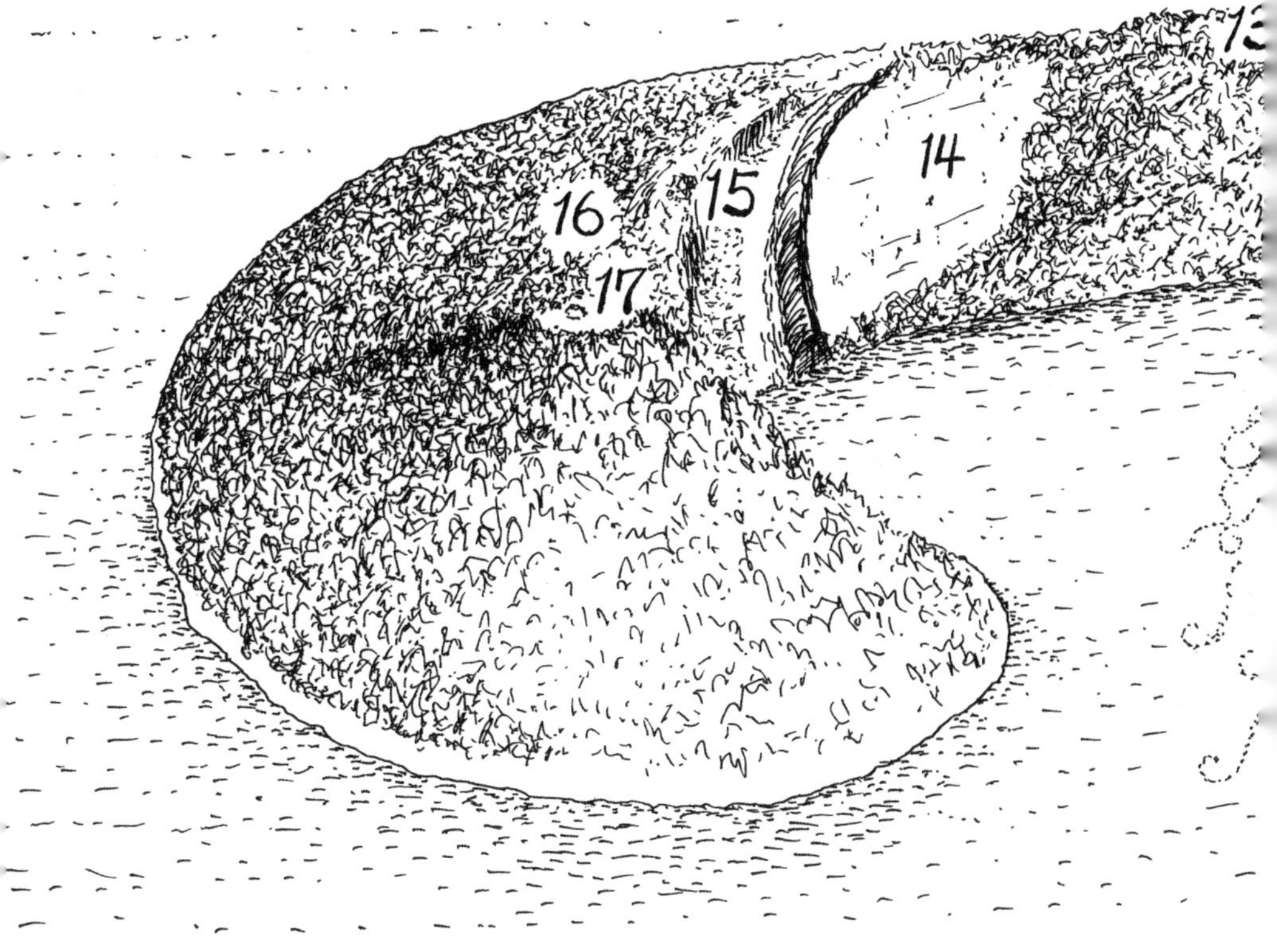
13
14
15
16
17

机の下のウサキチ

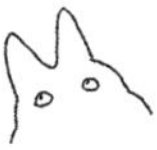

岡田淳

1　おじいちゃんの書斎《しょさい》

おじいちゃんとおばあちゃんの家《いえ》は、まわりを林《はやし》にかこまれている。

お父《とう》さんはここで生《う》まれて育《そだ》った。

お母《かあ》さんも、小さいころから、この家にしょっちゅう遊《あそ》びにきていたそうだ。だからおじいちゃんやおばあちゃんは、お母さんのことを「みゆきちゃん」とよぶ。

この三年間《ねんかん》、お父《とう》さんがしごとのつごうで日本《にほん》にいなかったこともあって、お母さんとぼくは、しょっちゅうこの家に泊《と》まりにきていた。

おじいちゃんとおばあちゃんの家《いえ》で、ぼくがいちばん好《す》きな場所《ばしょ》は、おじいちゃんの書斎《しょさい》だ。

書斎《しょさい》は、窓《まど》とドアのほかは、天井《てんじょう》までずっと棚《たな》。本《ほん》がいっぱいある。むずかしそうな本もあるけれど、図鑑《ずかん》や写真《しゃしん》の本もたくさんある。というのは、おじいちゃんは高校《こうこう》で数学《すうがく》の先生《せんせい》をしながら、物語《ものがたり》の作家《さっか》でもあったからだ。ぼくのかよっている小学校《しょうがっこう》の図書室《としょしつ》にも、おじいちゃんの書《か》いた本がある。

棚《たな》にあるのは本《ほん》だけじゃない。コレクション、とおじいちゃんがよんでいるものもおいてある。

ふしぎなかたちのびんやつぼ、そして皿《さら》。むかし海岸《かいがん》でひろったというひからびたヒトデ、もけいのボート、指人形《ゆびにんぎょう》のネズミ、このあたりはそうとう古《ふる》い。

古《ふる》びていないのは、木彫《きぼ》りのネコ、ほんとうかどうかあやしい『ジャックと豆《まめ》の木《き》』のモデルになったという豆、立体《りったい》のパズル、これはいろんなかたちのかけらをくみあわせると、きちんとしたサイコロ形《がた》になる。

天井《てんじょう》からはあやつり人形《にんぎょう》。魔女《まじょ》や山賊《さんぞく》たち、そして小さなドラゴン。

棚《たな》のあちこちには、さまざまな写真《しゃしん》の絵《え》はがきがとめられている。

バラにかこまれたかわいい家《いえ》、波《なみ》のうちよせる海岸《かいがん》、歌劇団《かげきだん》のステージ写真、どれも古《ふる》そう。古くないのは、干《ひ》あがった湖《みずうみ》にのこされた船《ふね》、こおりついた川《かわ》、ものさびしいトンネルの入《い》り口《ぐち》、川にそって流《なが》れる霧《きり》、といった風景《ふうけい》写真。いちばん新《あたら》しいのは、ぼくも知《し》っているアイドルグループの写真。

おじいちゃんは、ぼくにいろんな図鑑《ずかん》や写真《しゃしん》の本《ほん》を見せて、話《はなし》をしてくれる。

「ほら、これが北《きた》のさいはてのみさき。」

「さいはてって?」

「それ以上《いじょう》、むこうがないということさ。」

と、ことばもおしえてくれる。

ことばといえば、昆虫《こんちゅう》の写真集《しゃしんしゅう》をふたりでながめていたとき、

「トンボのことを英語《えいご》でドラゴンフライというんだ。」

と、とつぜんおしえてくれたこともあった。

「どういう意味《いみ》?」

「ドラゴンはわかるだろ? 竜《りゅう》。フライは羽《はね》で飛《と》ぶ昆虫《こんちゅう》。どうしてそうよばれるのか知《し》らないけど、きっとトンボの細長《ほそなが》いからだとか、生《い》きたほかの虫《むし》をとらえて食《た》べることなどから思《おも》いついたんだろうね。」

ぼくは、天井《てんじょう》からぶらさがっている小さなあやつり人形《にんぎょう》のドラゴンをゆびさした。

「じゃあ、あのドラゴンはドラゴンフライみたいなドラゴン?」

「ああ、いえてるね。」

と、おじいちゃんはわらった。

マッチのすりかたもおしえてくれた。ランタンのろうそくに火《ひ》をつけさせてくれたりもした。

これは書斎《しょさい》じゃなくて台所《だいどころ》だけれど、アイスクリームをおみやげにもっていったとき、水《みず》を張《は》った流《なが》しにドライアイスをいれて、ぶくぶくと白《しろ》い煙《けむり》を発生《はっせい》させて遊《あそ》んだこともあった。水面《すいめん》にたちこめた霧《きり》のような煙を手《て》ではらうと、空気《くうき》の流れで、そこだけ煙がとばされてなくなるのだ。

そのおじいちゃんが、手術《しゅじゅつ》をすることになった。

ぼくが夏休《なつやす》みにはいって、すぐのことだ。

手術《しゅじゅつ》は、いのちにかかわるようなものではないという。けれどきっとおばあちゃんがこころぼそがる、とお母《かあ》さんはいって、手術のまえの日《ひ》から、おじいちゃんの家《いえ》に泊《と》まりこむことにした。

手術《しゅじゅつ》の日《ひ》になると、おばあちゃんとお母さんはおじいちゃんにつきそうために、病院《びょういん》にいく。

ぼくもいくものと思《おも》っていたら、お母《かあ》さんがいった。

「お父《とう》さんはおしごとがおわってから病院《びょういん》にいくそうだから、一平《いっぺい》、あなたはお父さんといっしょにくればいいわ。」

「お父さんと？」

と、ぼくはいってしまった。

というのは、ひと月《つき》まえに外国《がいこく》からもどってきたお父《とう》さんに、ぼくはまだなじめなかったのだ。三年間《ねんかん》、画面《がめん》ごしのお父さんとしかあってなかったし、お父さんのほうでも、ぼくとどんな話《はなし》をすればいいのかわからないみたいだった。

お母《かあ》さんは、ぼくの目《め》をのぞきこんで、いった。

「それまでこの家《いえ》でおるすばんをしていてくれる？　病院《びょういん》で何時間《なんじかん》もじっとまつのは、たいくつでしょ？」

「たいくつじゃない。」

と、ぼくは首《くび》をふった。お父《とう》さんの車《くるま》でふたりきりになって、なにをしゃべればいいのかわからないほうが、ずっと気《き》がすすまなかった。

でも、お母《かあ》さんがつづけた。

「おじいちゃんが、そうすればいいっておっしゃっているのよ。四年生《ねんせい》になった一《いっ》平《ぺい》なら、ひとりでるすばんできるだろうって。それから、書斎《しょさい》で遊《あそ》んでいてもいいって。」

一平ならひとりで……、書斎で……、おじいちゃんがそういっているのか、それなら、とぼくはうなずいた。

——あの書斎《しょさい》でだったら、ひとりですごしてみたい。

そう思《おも》ったのだ。

おばあちゃんとお母《かあ》さんが出《で》かけたのは午後三時《ごごさんじ》ごろ。

「じゃあ、これはおやつ。」

出かけるまえにおばあちゃんは、紙袋《かみぶくろ》にはいったコンペイトウをくれた。おばあちゃんはいつもコンペイトウをくれる。

「こんなにたくさん？」

いつもなら十つぶほどなのに、その十倍《ばい》はありそうだった。

「いちどに食《た》べるんじゃないよ。きょうは小分《こわ》けにする時間《じかん》がなかったの。」

いつもよりじょうぶな紙袋《かみぶくろ》だ。ぼくはそれを小さなカバンにいれて、肩《かた》からななめにかけた。

「これはお茶《ちゃ》。」

お母《かあ》さんが水筒《すいとう》を、もういっぽうの肩《かた》から、やはりななめにかけてくれた。なんだか、たんけん家《か》になったような気《き》がした。

げんかんでふたりを見おくった。

ひとりになると、さすがにこころぼそくなる。なにしろ、林《はやし》のなかの一軒家《いっけんや》なのだ。
でも、ぼくならひとりでるすばんができるだろうというおじいちゃんのことばと、
コンペイトウと、水筒《すいとう》にはげまされて、ぼくは書斎《しょさい》にのりこんだ。

2 ここはぼくの国《くに》

おじいちゃんがいない書斎《しょさい》は、はじめてだ。いつもより暗《くら》くて、本《ほん》のにおいがつよい。

窓《まど》のカーテンをあけて、やわらかい光《ひかり》を室内《しつない》にいれた。ついでに窓もあけて、庭《にわ》をながめた。

窓のそとは芝生《しばふ》だ。あまり手入《てい》れされていない。むこうのほうにエノコログサがかたまって穂《ほ》をつけている。その上は枝《えだ》をひろげたエノキ。エノコログサもエノキも、おじいちゃんがなまえをおしえてくれた。エノキのむこうにも葉《は》をしげらせた夏《なつ》の木々《きぎ》がつづき、その上を、雲《くも》が流《なが》れていく。

しばらくそとをながめてから、部屋《へや》のまんなかの大きな机《つくえ》の上に、コンペイトウ

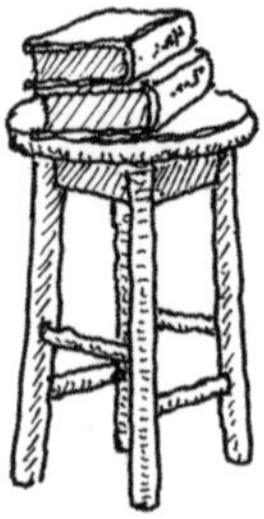

がはいったカバンと水筒《すいとう》をおいた。そして本棚《ほんだな》から、読《よ》む本《ほん》をさがした。外国《がいこく》の旅芸人《たびげいにん》の写真集《しゃしんしゅう》にしようか、森《もり》の写真集にしようかとまよって、森のほうにする。

ひじかけいすにあさくすわって、本をひろげた。この写真集《しゃしんしゅう》を見るのは三度《ど》目《め》だ。見るたびにひきこまれる。

雪《ゆき》におおわれた枯《か》れ木《き》の森《もり》、草原《そうげん》のむこうにひろがる緑《みどり》いっぱいの森、紅葉《こうよう》の森、木のつるがいっぱいの南国《なんごく》の森。ながめていると、いつのまにかこの家《いえ》が森にかこまれているように思《おも》えてくる。

どれほどながめていただろう、ふと目《め》をあげると、ずいぶん暗《くら》くなっていた。

時計《とけい》を見るとまだ暗《くら》くなる時間《じかん》ではない。ここ二、三日《にち》夕立《ゆうだち》がつづいているから、きょうもふるのかなと思《おも》いながら、立《た》って部屋《へや》のあかりをつける。

部屋《へや》が明《あか》るくなるのと同時《どうじ》に、大《おお》つぶの雨《あめ》がふりだした。ふりこまないように、窓《まど》をしめた。すぐに本降《ほんぶ》りになった。たたきつけるようにふってくる。

雨《あめ》の庭《にわ》をながめていると、

——ピカッ！

一瞬《いっしゅん》その世界《せかい》が明《あか》るくなって、空中《くうちゅう》にはりついた雨《あま》つぶといっしょに、エノキが浮《う》かびあがった。そしてあいだをおかずに、ものすごい雷鳴《らいめい》がとどろいた。

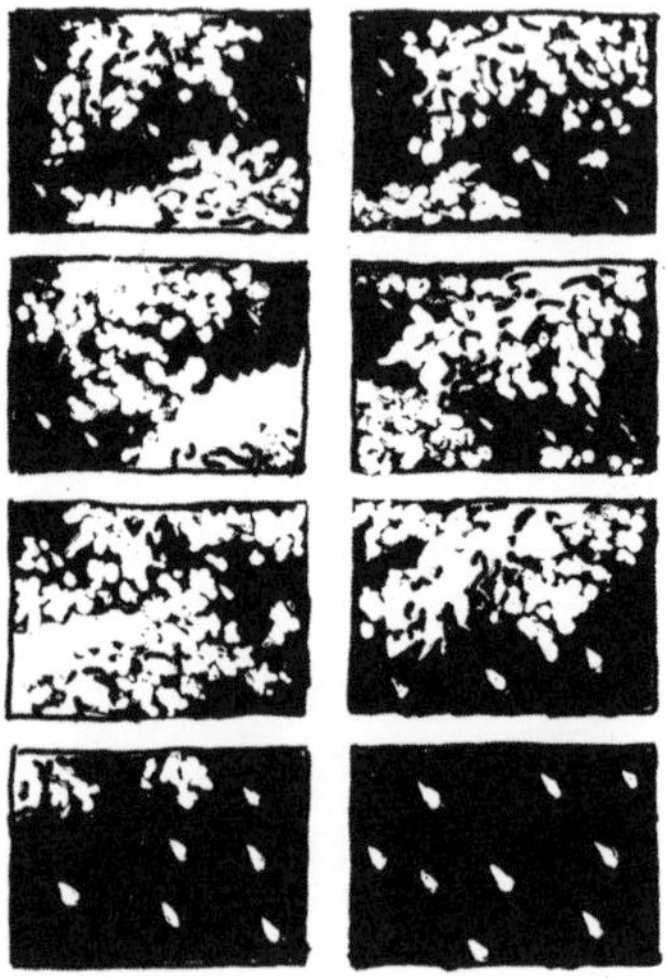

「ひえっ！」

思《おも》わず首《くび》をすくめて窓《まど》からはなれた。そのときあかりがすうっと消《き》えた。

スイッチをぱちぱちやってみた。つかない。

「雷《かみなり》が落《お》ちてテイデンするって、ほんとうだったんだ。」

と、声《こえ》にだしていった。雷《かみなり》が鳴《な》ると、「テイデンしないかしら」とお母《かあ》さんがいっていたのを思《おも》いだしたのだ。「テイデンってなに？」とたずねると、「電気《でんき》がこなくなること」とお母さんはいった。「あかりがつかなくなるの。」

でもいままで、ほんとうにテイデンしたことなんてなかった。これが生《う》まれてはじめてのテイデンだ。

雨《あめ》が波《なみ》のようにうちつける。ゴロゴロとつづく雷鳴《らいめい》もおさまりそうにない。あたりはますます暗《くら》くなってくる。

「思《おも》いだした！」

ランタンのことだ。

うす暗《ぐら》い棚《たな》からランタンをとりだし、机《つくえ》のひきだしからマッチをだす。

「マッチ一本《いっぽん》から、大きな家《いえ》だって燃《も》えるほどの火事《かじ》がおこるんだから、マッチをつかうときは、気《き》をつけないといけない。あとしまつもね。」

おじいちゃんのまねをしていいながら、ぼくは棚《たな》から皿《さら》をとってきて、そこに水筒《すいとう》のお茶《ちゃ》をすこしそそいだ。それからマッチをすり、ランタンのなかのろうそくに火《ひ》をつけ、マッチの燃《も》えさしを皿のお茶に落《お》とした。おじいちゃんもぼくにおしえてくれるとき、この皿をつかったのだ。雨《あめ》の音《おと》がすごいのに、マッチをするときのにおいと音、ろうそくのにおい、マッチの燃えさしがお茶にふれるときの音、なにもかもが、いやにはっきりと感《かん》じられた。

ランタンを机《つくえ》の上におくと、つよい雨音《あまおと》につつまれてはいるけれど、いままで暗《くら》さがのさばっていた部屋《へや》が、ぼくの場所《ばしょ》になったような気《き》がする。

そのときまた、いなびかりが、カッとひかった。ろうそくの明《あか》るさなど問題《もんだい》にしない強烈《きょうれつ》な光《ひかり》と、その光がつくるくっきりした影《かげ》で、部屋《へや》が浮《う》かびあがった。つづいて勝《か》ちほこるように雷鳴《らいめい》がとどろく。

せっかくランタンの光《ひかり》でぼくの場所《ばしょ》になっていた部屋が、いなびかりの場所になってしまったような気《き》がした。

ぼくは、コンペイトウのはいったカバンと水筒《すいとう》を、もういちど肩《かた》からかけて、ランタンを手《て》にもった。

そして、大きな机《つくえ》の下にもぐりこんだ。


机《つくえ》の下には、なにもものをおいていない棚《たな》がある。ランタンをそこにおいた。ろうそくが机の下の空間《くうかん》をあたたかな光《ひかり》でいっぱいにした。

ここならいなびかりもやってこない。雨《あめ》の音《おと》もすこし遠《とお》くなったような気《き》がする。

そして、ぼくがもたれてすわるのにちょうどいい広《ひろ》さだ。

ぼくはほっとして、カバンからとりだしたコンペイトウをひとつぶ、口《くち》にほうりこんだ。ろうそくの光《ひかり》がちらちらゆれる。

「ここは、ぼくの国《くに》だ。」

と、いってみた。

まわりが板《いた》でかこまれている国《くに》だ。

よく見ると、その板《いた》にはさまざまな木目《もくめ》があった。目の前《まえ》に、ウサギの上半身《じょうはんしん》に見えるかたちがある。これがウサギなら、ずいぶん太《ふと》ったウサギだ。

ウサギのかたちを指《ゆび》でなぞってみる。ろうそくの光《ひかり》がつくる手《て》の影《かげ》が、きみょうにのびちぢみする。

——まわりの木目《もくめ》のもようはなんだろう。

そう考《かんが》えると、かべいっぱいにはりついたツタの葉《は》っぱのように思《おも》えてきた。ランタンのろうそくの光《ひかり》がゆれて、その葉っぱが、ざわっと風《かぜ》にゆれたように見えた。

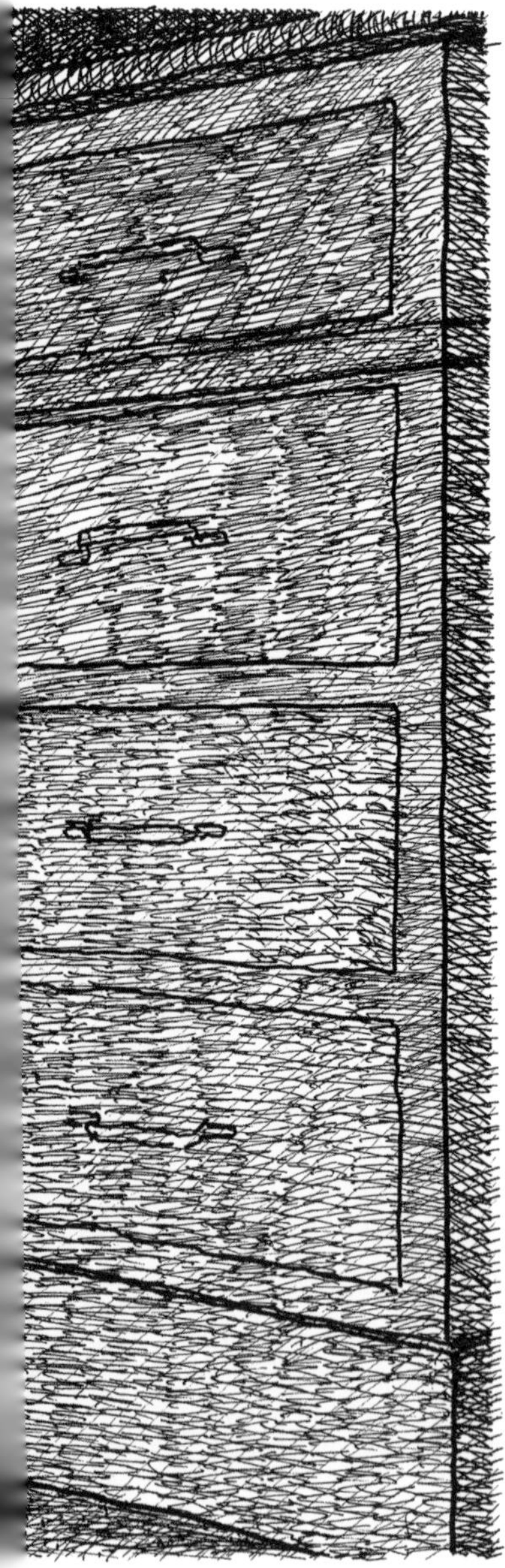

3　おそかったじゃないか

むこうのほうに明《あか》るいものが見える。

――ランタンのほかに明るいものがあるなんて、へんだな。

と、ぼくは目《め》をこらした。

ランタンは机《つくえ》の下の棚《たな》にのこしたまま、明《あか》るいものがあるほうへ、はうようにすすんでみた。

するとそれは、明るいものではなく、明るいところのようだった。

すぐに立《た》って歩《ある》ける高《たか》さとはばの通路《つうろ》

になった。通路《つうろ》はかべも天井《てんじょう》も、しげったツタの葉《は》が、ぎっしりはりついている。でも床《ゆか》は書斎《しょさい》とおなじ、カーペットのようだ。

ツタの葉《は》のトンネルと、カーペットがおわったところに、編《あ》み上《あ》げ靴《ぐつ》がそろえてあった。ぼくの足《あし》にあうぐらいの大きさに見える。

目《め》の前《まえ》は草原《そうげん》だ。靴下《くつした》で草原を歩《ある》くよりも、靴《くつ》をはいたほうがよさそうだ。この靴をはかせてもらおうと思《おも》った。はくと、あつらえたようにぴったりだった。

草原《そうげん》のむこうには森《もり》がひろがっている。

その森《もり》のこちらがわに、なにかうす茶《ちゃ》色《いろ》のかたまりがあった。うずくまったパンダほどの大きさの、やわらかそうなクッションに見える。

そちらへ歩《ある》いていくと、そのクッションが、ぴくりとうごいた。

ぼくは足《あし》がすくんだ。もしもこれがきけんなけものなら、きっとちかづきすぎている。にげられないかも。

それはむこうむきにうつむいて頭《あたま》をさげていた。ぼくの足音《あしおと》をききつけたのだろう、頭をあげると耳《みみ》が見えた。その耳がうごく。ウサギ……？　ウサギのようだ。巨大《きょだい》なウサギだ。巨大なウサギは、

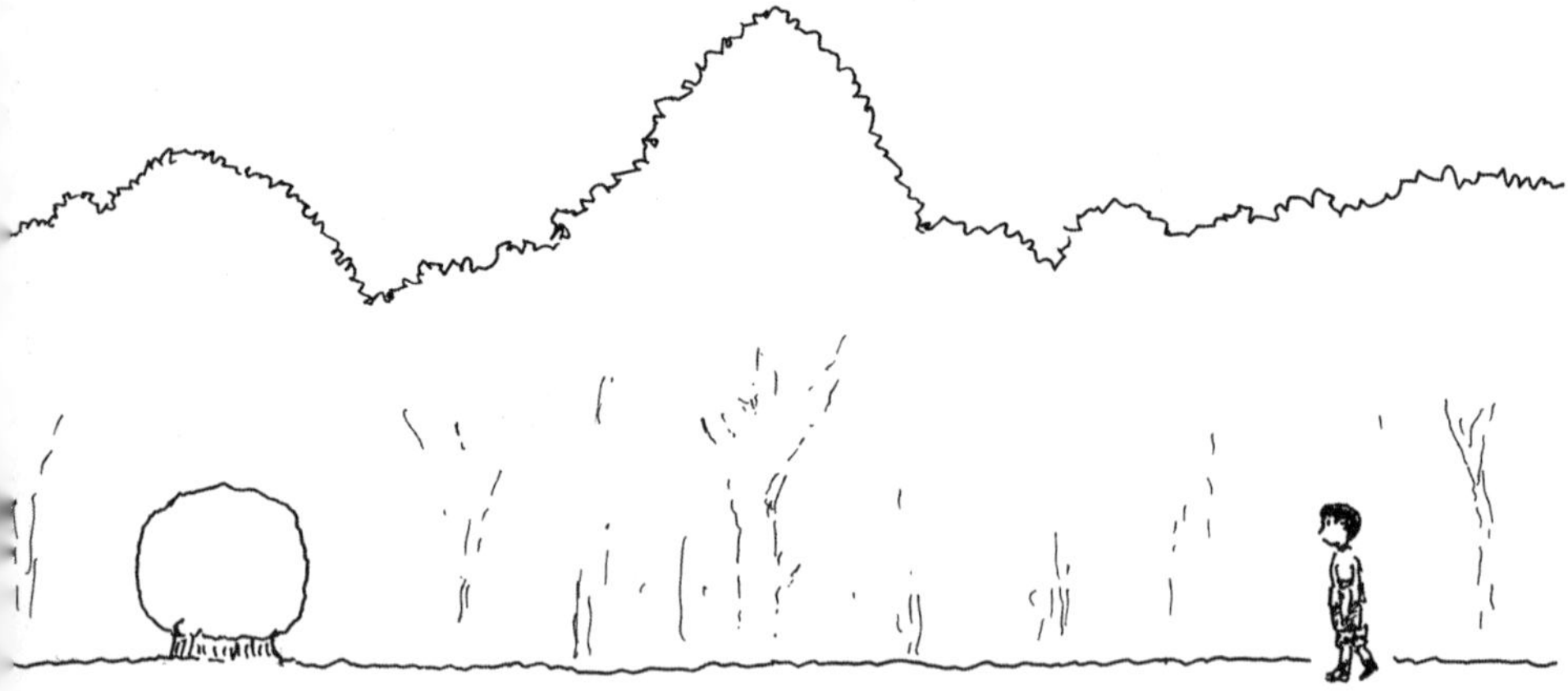

大きなきりかぶにすわっている。きりかぶにすわっても、ぼくよりすこし背《せ》が高《たか》い。

　ウサギはゆっくりふりむいた。

　ぼくに気《き》づくと、その目《め》がまんまるになった。つぎに口《くち》がまんまるになった。それからゆっくりと満面《まんめん》の笑顔《えがお》にかわり、うんうんとうなずきながら、きりかぶにすわったまま、両手《りょうて》をふり、からだをぼよんぼよんと上下《じょうげ》にゆらした。大きなボールをはずませているようだ。どうやら、よろこんでいるらしい。

　でも、ゆれるのをやめると、ぼくをとがめるような目《め》つきで見た。

「おそかったじゃないか。」

と、ウサギは、したしいともだちに不平《ふへい》をいうようにいった。

「おそかった……？」

ぼくは、おずおずとたずねた。

「いつまでまたせれば気《き》がすむんだろって思《おも》っていたよ。」

「あのう、いつからまっていたの？」

「ずうっと、だよ。ずうっと。」

「ええっと、きみは、だれ？」

ウサギはもういちど目《め》をまるくした。

「ウサキチじゃないか。きみがなまえをつけてくれたんだよ。わすれちゃったのか、キヨチ。」

ぼくは目《め》をぱちぱちさせた。ウサキチ……？　ぼくがなまえをつけた……？　キヨチ……？

「せっかくもどってきてくれたのに、いままでのこと、すっかりわすれてしまったっ

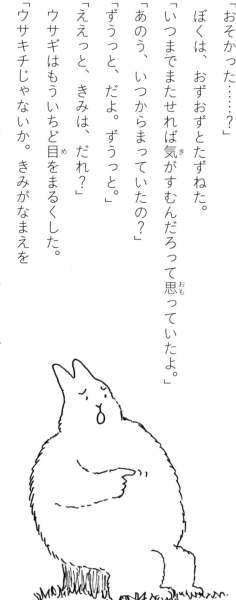

ていうのかい？」

ウサキチはなさけない顔《かお》でいった。

――もどってきた？　ぼくはまえにここにきている？　キヨチというなまえで？　なにがなんだかわからなかったけれど、この大きなウサギがかなしそうにするのを気《き》のどくに思《おも》った。そこで、こういってみた。

「ぼく、いままでのこと、わすれてしまったみたい。」

ウサキチはぼくをじっと見て、

「ほんとに？」

と、いった。もうぼくはキヨチじゃないといいだせず、

「ほんとに。」

と、うなずいてしまった。

「なんてこった。」

ウサキチの目《め》になみだがふくれあがり、ぽろりとこぼれおちた。

ぼくはこまってしまった。

「ね、ウサキチ、泣《な》かないで。」

せのびして、ウサキチのやわらかいせなかをなでてやると、

「ちがうだろ。」ウサキチは泣《な》きながらぷるぷる顔《かお》をふっていった。「泣くなウサキチ、だろ。」

ぼくはいわれたとおりにいってやった。

「泣《な》くなウサキチ。」

「ちがうよう。もっとつよく、しかるようにいうんだよう。」

「泣《な》くな！　ウサキチ！」

ウサキチは、はっと顔《かお》をあげて、泣くのをやめた。

「ああ、キヨチがもどってきた。」

——よくわからないけど、ここでは、どうやらぼくはキヨチなんだな。

と、ぼくは思《おも》った。

ウサキチがなみだをこすってふくのをまって、たずねた。

「ね、ウサキチ、ここはどこだったんだっけ？」

「ここ……？　ここは、まえはキヨチの国《くに》だったと思《おも》うよ。」

「キヨチの……、ぼくの国？」

ききかえしながら、たしかぼくは机《つくえ》の下で、そんなことをいっていたな、と思《おも》いだした。

「そうさ。キヨチの国《くに》。でもキヨチはここでまっていてくれっていったまま、どこかへいって、いままでもどってこなかったんじゃないか。」

「ごめん。」

ぼくは、キヨチのかわりにあやまった。ここではキヨチなのだ。

「ここでまっていてくれって、ぼくが、ウサキチにいったんだね？」

「そうだよ。だからずっとまっていたんじゃないか。」

「ごめん。」

もういちどあやまった。

「そのあいだ、なにを食《た》べていたの？」

ウサキチは前《まえ》の草原《そうげん》をゆびさした。このウサギは指《ゆび》をさせる手《て》をしているのだ。

草原《そうげん》には、細《ほそ》い葉《は》、広《ひろ》い葉、いろんな草《くさ》がはえていた。

「この草の葉?」

「葉《は》も食《た》べるけど、その下も。」

その下といわれてよく見ると、草《くさ》のあいだから、オレンジ色《いろ》のものが見えた。ニンジンだ。そういえばダイコンやカブらしいものも土《つち》から顔《かお》をのぞかせている。草《そう》原《げん》ではなかったのだ。いろんな野菜《やさい》の畑《はたけ》のようだった。

ぼくが感心《かんしん》していると、つぎにウサキチはうしろの森《もり》をゆびさした。森の木《き》のあいだにも、ちらちらと赤《あか》や黄色《きいろ》が見える。よく見ると、リンゴやバナナなど、いくつもの種類《しゅるい》のくだものがなっている。ぼくは一瞬《いっしゅん》、

——あれ? リンゴとバナナって、おなじところにできるんだったっけ?

と思《おも》ったけれど、

「じゃあ食《た》べるばかりで、ずっと、ここにすわっていたの?」

と、きいてみた。

「ここにすわっていろって、キヨチがいったんじゃないか。」

「ごめん。」

　ぼくはもういちどあやまった。あやまりながら、日本《にほん》にもどってから、きゅうに太《ふと》りだしたお父《とう》さんのことを思《おも》いだした。コンピュータの画面《がめん》を見てずっとすわっているしごとで、ひとの倍《ばい》ほどのんだり食《た》べたりするお父さんとウサキチが、おなじように思えたのだ。

「キョチがもどってこないうちに、ここはキョチの国《くに》ではなくなったと思《おも》うな。」

　ウサキチはうなだれた。

「じゃ、だれの国《くに》になったの？」

「だれの国かというと……、よくわからないけど、ぼくの国……、じゃないなあ。ああ、魔女《まじょ》の国《くに》……、といってもいいかもしれない……、かなあ。」

みょうに歯切《はぎ》れのわるい言《い》いかたをして、ウサキチはますますうなだれた。

「魔女《まじょ》……?」

「ぼくがここですわっていたら、魔女がきて、

『もうここにはキヨチはこない』って、いったんだ。

『もどってくるって、キヨチはいったよ』と、ぼくはいった。

『でも、おなかがすくだろう?』

魔女《まじょ》にそういわれて、ぼくはうなずいた。ぼく、ほんとにおなかがすいていたんだ。ここでまってろっていわれていたからね。」

そこでウサキチはぼくを見た。

「ごめん。わるかったよ。」

どうしてこんなにあやまらなければならないんだろうと思《おも》いながら、ぼくはあやまった。

ウサキチはつづけた。

「魔女《まじょ》はこういった。

『それなら、ウサキチのまわりに食《た》べものがあるようにしてやろう。』って、野菜《やさい》の畑《はたけ》とくだものの森《もり》をつくってくれた。」

ウサキチはそういって、まわりを見た。

「しんせつな魔女《まじょ》なんだね。」

と、ぼくがいうと、ウサキチはうなだれて、いやいやと首《くび》をふった。

「食《た》べるものをつくってくれたかわりに、気《き》がつけば、はねる力《ちから》を魔女《まじょ》にとりあげられていた。」

ウサキチは肩《かた》をすくめた。

「はねる力《ちから》って？」

ぼくがたずねると、ウサキチは「え？」という顔《かお》を一瞬《いっしゅん》した。

「ああ、わすれているんだった。ぼくはこう見えても、すごくはねることができたんだ。すごく、だよ。びっくりするぐらいね。あきれるぐらい、といってもいいな。すばらしく、といってもいい。奇跡的《きせきてき》に、というほうがいいかもしれないな。魔女《まじょ》は、ここでキヨチをまつといったぼくに、まつだけならはねる力《ちから》はいらないだろって、とりあげてしまった。」

「そんなにすばらしいはねる力なのに、それをとりあげるなんて、ひどいね。」

と、ぼくがいうと、ウサキチはうつむいて、小さな声《こえ》で、

「うん。」

と、いった。

「魔女《まじょ》はどこにいるの？」

ぼくがたずねると、ウサキチはどうしてそんなことをきくのかという顔《かお》でこたえた。

「魔女《まじょ》のうちにいると思《おも》うけど……。」

「魔女のうちは、どこにあるの？」

「くだものの森《もり》のまんなかだよ。」

「じゃあ、いこう。」

ぼくがそういうと、ウサキチはきょとんとした。

「いってどうするの？」

「ぼくがこうしてもどってきたんだから、ウサキチは、またなくてもよくなったんだろ？　まつだけならはねる力《ちから》はいらないって、とりあげられたんだったら、またなくなったウサキチは、はねる力をかえしてもらえるんじゃないかな。」

ウサキチは目《め》と口《くち》をまんまるにして、ぼくの顔《かお》を見た。

4　魔女《まじょ》のミュータン

ウサキチは、はねる力《ちから》だけではなく歩《ある》く力もうばわれているのじゃないかと、ぼくは思《おも》った。のろのろとすこし歩いただけで、

「はあ、つかれた。」

と立《た》ちどまり、大きく息《いき》をつく。気《き》をとりなおしてすこし歩《ある》きだしたかと思《おも》うと、

「ああ、おなかがすいた。」

と、そのあたりになっているマンゴーとかオレンジとかをとっては食《た》べる。

「ねえウサキチ、もっとさっさと歩《ある》けないの？」

たまらずそういうと、ウサキチは口《くち》をとがらせた。

「いままでのくらしを考《かんが》えてくれればわかると思《おも》うけどね。すぐそこのニンジンと

かリンゴとかをとりにいくだけで、あとはずっとすわっていたんだよ。」

そういってから、横目《よこめ》でぼくを見てつづけた。

「だれかさんがなかなかもどってこなかったおかげでね。」

「そりゃ、わるかったね。あやまるよ。でも、それにしても、さっきから食《た》べすぎじゃないかなあ。」

「まっているあいだは、食べることのほかにすることがなくてさ、ずっと食べるのがくせになってしまったんだ。ほら、ずっとだれかをまっていなきゃならなかっただろ?」

ぼくは、いわれるたびにあやまるのはよそうと思《おも》った。そこで話《はなし》をかえた。

「魔女《まじょ》って、こわいの？」

「魔女のこともわすれたんだね。キヨチはこわがってはいなかったな。うん、こわくは見えない。でも、なにしろ魔女だからねえ。」

こわくは見えない魔女《まじょ》ってどんな魔女かな、とぼくは思《おも》った。


魔女《まじょ》の家《いえ》が見えてきた。想像《そうぞう》したよりもかわいい家だ。バラの花《はな》がさく庭《にわ》があり、つるバラのからんだアーチの門《もん》がある。

「よばないの？」

と、ウサキチはぼくを見た。

「よびかたをわすれた」と、ぼくはこたえた。「どういうふうによぶのか、やってみて。」

ウサキチは、しかたがないなあ、とぼくを見てから、その門《もん》の前《まえ》で声《こえ》をはりあげた。

「まーじょのミュータン！」

ふしのついたよびかたは、なんだかおさない子《こ》をよんでいるようにきこえた。遊《あそ》びましょ、とつづけてしまいそうだ。

「ぼく、そういうふうによんでいたの？」

たずねると、ウサキチはうなずいた。

魔女《まじょ》っておばあさんじゃないのかなと、首《くび》をひねったとき、ドアがひらいた。

出《で》てきたのは、どう見ても小学校《しょうがっこう》の一年生《ねんせい》か二年生といった女《おんな》の子《こ》で、アイドルのような白《しろ》黒《くろ》のかわいい服《ふく》を着《き》ている。

「あ、きょうはそんなかっこうをしている。」

と、ウサキチがいったところを見ると、これが、魔女《まじょ》のミュータンのようだった。

「ウサキチ、めずらしく歩《ある》いているじゃないか。キョチ、ひさしぶりだね。わたしゃ、まさかキョチがもどってくるとは思《おも》わなかったねえ。」

ぼくはそのしゃべりかたにびっくりした。まるで一年生《ねんせい》か二年生が、劇《げき》でおばあさんの役《やく》をしているみたいなちょうしで、ミュータンがしゃべったからだ。そしてミュータンは、手《て》にもっていたスカーフをぼくたちの前《まえ》にひろげた。

するとわけのわからないもようだったスカーフの刺繍《ししゅう》が、くねくねとうごいて絵《え》があらわれた。森《もり》のはずれのきりかぶにウサキチがすわっている場面《ばめん》だ。そこにぼくがやってくる。絵がうごくのだ。「おそかったじゃないか」とウサキチの声《こえ》もきこえる。

「こういうもののおかげで、あんたたちがなん

のためにこの家《いえ》にきたのか、よくわかっておるのじゃ。ウサキチがなにをしゃべったかも、ね。」

ウサキチは、ミュータンのことばをきいていないようなようすで、バラの花《はな》などを見ながらいった。

「ぼくたちがくるのがわかっていたなら、お茶《ちゃ》の用意《ようい》ぐらいはしてあるのかなあ。」

「もちろんしてある。なかにおはいり。」

ミュータンのあとから、ウサキチとぼくは家《いえ》のなかにはいった。部屋《へや》のなかはおしゃれな実験室《じっけんしつ》とでもいうようなふんいきで、ふしぎなかたちのびんやつぼがいっぱいある。そして、ほんとうにお茶《ちゃ》の用意《ようい》がしてあった。

ミュータンはカップにお茶をそそぎながらいった。

「ざんねんなことにきょうは、お茶《ちゃ》のおかしがなくてね。」

「コンペイトウでよければ、もっています。」

ぼくがそういうと、

「え？　きいてないよ」とウサキチがつぶやき、

「それはすてき」と、ミュータンは、小さな小さなお皿《さら》を三つならべた。

「こんなに小さなお皿じゃ、ひとつぶずつしかのせられないね。」

ぼくがいうと、ミュータンがまじめな顔《かお》でいった。

「ああ、いままでのことをわすれているんだったね、キヨチ。おぼえておき、ここでは、からだの大きいひとも小さいひとも、コンペイトウは一日《いちにち》にひとつぶって決《き》まっているんだからね。それからあんたのもっている水筒《すいとう》のお茶《ちゃ》だけど、それも一日にひとしずくだよ。小さじに一ぱいくらいね。きょうはそれもいらない。ここでお茶をのむからね。」

へんなの、とぼくは思《おも》ったけれど、いわれるとおりにひとつぶずつ、お皿《さら》においた。

それから、ミュータンも、ウサキチも、ぼくも、ひとこともしゃべらず、ただだまって、お茶《ちゃ》をのみ、コンペイトウを食《た》べた。

おどろいたことにひとつぶのコンペイトウで、じゅうぶんにおなかのたしになる。

ミュータンに、ぼくはいった。

「ウサキチの、はねる力《ちから》をかえしてください。」

「そのためにここにきたんだったね。」

ミュータンは横目《よこめ》でウサキチを見た。

「まつだけならいらないだろうって、わたしがウサキチから、はねる力《ちから》をとりあげたんだよね。」

ウサキチはきいているのかいないのか、窓《まど》のそとを見ている。

「いいよ。そういうことならかえしてあげる。」

ミュータンがそういうと、

「え？　ほんとに？」

と、ウサキチはおどろいたようにいった。

「かえしてあげるよ。でも、ざんねんながら、ウサキチのはねる力《ちから》は、ここにはない。」

「ど、どこに？」

「どこにあるんですか?」

たずねたウサキチとぼくを、ミュータンは見くらべてから、いった。

「さいはて山《やま》のてっぺんに、石《いし》でつくったいすがある。はねる力《ちから》はそこにかくしてあるから、それにウサキチがすわれば、はねる力はとりもどせる。」

「さいはて山《やま》?」

ウサキチは首《くび》をかしげたが、ミュータンはうなずいた。

「そう、さいはて山《やま》。いくだろ?」

さいはて山がどこにあるのか、どんな山なのか、まったく知《し》らなかったけれど、ぼくはここまでのいきおいで、

「もちろん。」

と、こたえてしまった。それから、首《くび》をかしげたままのウサキチにたずねた。

「さいはて山《やま》、知《し》ってる?」

ウサキチは目《め》をぱちぱちさせながら、

「さあ……。」

と、ぎゃくのほうへ首《くび》をかしげた。

ミュータンはそとをゆびさした。

「このままっすぐくだものの森《もり》をぬけると、野原《のはら》に出《で》る。」

「野原?」

きょとがめてウサキチはもとのほうへ首《くび》をかしげた。ミュータンはつづけた。

「その野原《のはら》のはずれに坂《さか》がある。その坂をおりてザッパン海岸《かいがん》に出《で》て、正面《しょうめん》に見えるのが、さいはて山《やま》さ。」

「そんなの、あったかなあ……。」

つぶやくウサキチにはかまわず、

「そこへいくのに、どれくらいかかるんですか?」

と、ぼくはたずねた。ミュータンはこうこたえた。

「わたしなら飛《と》べるから、あっというまにいけるけれど、あんたたちなら、そう、十日《とおか》ほどかねえ。」

——十日!

そんなに遠《とお》いところにあるのだ。

「あっというまにいけるんだったら、ミュータンがそこへいって、はねる力《ちから》をとってきてくれないかなあ。」

ウサキチがひとりごとのようなちょうしでいった。ぼくはなるほどと思《おも》ったが、ミュータンはヒャヒャヒャヒャとわらった。

「だめだめ。これはウサキチがそこまでいって、自分《じぶん》ですわらなければいけないんだ。めんどうだねえ。やめておくかい？」

と、ミュータンはぼくとウサキチを見た。

ぼくたちは顔《かお》を見あわせた。ウサキチはだまってぼくを見ている。ぼくに決《き》めてほしいのだ。あとで考《かんが》えるとふしぎなのだが、もとの世界《せかい》へもどらなければとか、お母《かあ》さんが心配《しんぱい》するだろうとか、思《おも》いもしなかった。ぼくのためにずっとまっていたというウサキチをたすけてやらなければと思った。

「いきます。」

ぼくがこたえると、ウサキチはうれしそうな顔《かお》をした。

5　ちびっこいやつがいたっけ

魔女《まじょ》のミュータンがおしえてくれた方向《ほうこう》へ、そのままっすぐ、くだものの森《もり》をすすんだ。

ウサキチは、ぼくと目《め》をあわすたびにうれしそうな顔《かお》をするのだが、あいかわらずのろのろと歩《ある》いた。コンペイトウでおなかがいっぱいになっているのか、もうまわりのくだものには、さっきほど手《て》をださない。けれど、すぐ目の前《まえ》においしそうなブドウがあらわれたりすると、ひとつぶだけでも味見《あじみ》をしなければ気《き》がすまないのだ。

ブドウのたねをぺっとはきだして、ウサキチがつぶやいた。

「やっぱり、そうだったんだ。」

「なにが、やっぱり？」

ぼくはウサキチの顔《かお》を見た。

「はねる力《ちから》さ。ほんとのことをいうと、ミュータンは、まつだけならはねる力はいらないだろうなんて、いわなかったんだ。」

え？　と、ぼくはおどろいた。

「でも、さっき、ウサキチはそういったよ。」

「あれは、ぼくの推理《すいり》だよ。はねる力《ちから》がなくなっていることに気《き》づいたぼくは、そのはねる力はミュータンがとりあげたんじゃないかって、ひらめいたんだ。そしてもしそうだとすれば、きっと野菜畑《やさいばたけ》とくだものの森《もり》をつくってくれたときに、そんなことを、こころのなかで思《おも》ったにちがいないって推理したんだ。」

と、ウサキチはこたえた。

「ふうん。じゃあ、見やぶったわけだね。」

ぼくがそういうと、ウサキチはうれしそうに
「へへ、お見とおしさ。」

と、いった。

やがて木々《きぎ》のあいだに明《あか》るい緑色《みどりいろ》が見えはじめた。

森《もり》をぬけるとそこは野原《のはら》だった。一本《ぽん》のヤナギの木が遠《とお》くにぽつんとある。あとは一面《いちめん》にエノコログサがゆれている。緑色《みどりいろ》は穂《ほ》をつけたエノコログサだった。

「あれれ？」

と、いったのはウサキチだ。

「どうしたの？」

と、たずねたぼくを、ウサキチは見た。

「ほんとにわすれちゃったんだな。ここって、池《いけ》だったんだよ。」

ウサキチはエノコログサの野原《のはら》にはいっていって立《た》ちどまり、まわりを見まわし、両手《りょうて》をひろげた。

「ずうっと、池《いけ》だったんだ。」

そういわれれば、野原《のはら》は広《ひろ》く皿《さら》のようにへこんだかたちをしている。その部分《ぶぶん》のエノコログサはとくべつよく育《そだ》っていて、ウサキチのおなかのあたりに穂《ほ》があった。

「キョチをまっているあいだに、池《いけ》がなくなっちゃった。」

——池《いけ》の水が干《ひ》あがって、これだけ草《くさ》がはえるんだから、ずいぶんウサキチはまっていたんだなあ。

とぼくは、くぼんだ緑色《みどりいろ》の野原《のはら》をながめた。

「ぼくたちはここで白《しろ》いボートに乗《の》って遊《あそ》んだのさ。」

「そりゃすてきだったね。」

「ああ、あんなにすてきなことってなかったな。」

ほうっておくといつまでも思《おも》い出《で》のボートに乗《の》っているようだ。

「野原《のはら》のはずれって、まっすぐにいけばいいのかな。」

と、声《こえ》をかけると、ウサキチはいままでずっとひろげていた両手《りょうて》を、エノコログサのなかにだらんとおろし、

「たぶん。」

といって、こちらに出《で》てきた。

歩《ある》きながら、ぼくは話《はな》しかけた。

「ボートって、オールでこぐの？」

「そうさ。キヨチはじょうずにこいだよ。」

「ウサキチは？」

「おなじぐらいじょうずにこいだ。」

「ふたりだけで乗《の》ったの？」

「いや、あとひとり、ええっと、ちびっこいやつがいたっけな。」

「ちびっこいやつ？」

「うん、ちょっとりくつっぽいネズミ。なまえは、なんだっけ……、ああ、チュータだ。チュータってなまえも、キヨチがつけたんだよ。」

――チュータかあ……。

と、ぼくはこころのなかでつぶやいた。

――ウサキチにチュータ……？　ぼくならそんななまえはつけないな。

もうすぐ野原《のはら》のはずれだ。そこに坂《さか》があって、それをくだればザッパン海岸《かいがん》のはずだった。

野原のはずれに立《た》って、ぼくはおどろいた。

たしかにそこから坂《さか》になってはいる。でも、その坂の長《なが》さがふつうではなかった。多少《たしょう》のでこぼこはあるけれど、ずうっと坂がつづいているのだ。それが見えるかぎり緑色《みどりいろ》のエノコログサでおおわれている。そしてその先《さき》にあるはずの海《うみ》は見えず、霧《きり》が雲《くも》のようにただよっていた。

――ここをくだっていくんだ。のろのろ歩《ある》くウサギと……。

そう思《おも》ってそのウサギをふりかえると、ウサキチはうしろのほうで、ちがうところを見ていた。ぼくもそちらを見た。

皿《さら》のかたちにへこんだ底《そこ》のあたり、背《せ》の高《たか》いエノコログサにかくれるように、白《しろ》いものが見える。

ウサキチがつぶやいた。

「あれって、もしかすると……。」

ぼくとウサキチは、エノコログサをかきわけ、くぼ地《ち》の底《そこ》におりていった。ちかづくと、それは平底《ひらぞこ》のボートだとわかった。

「やっぱりそうだ。ぼくたちが遊《あそ》んだボートだよ。」

ぬられていた白《しろ》いペンキが、長《なが》いあいだほったらかしにされていたせいで、あちこちひびわれ、そりかえり、はがれている。

ちかよってのぞきこもうとしたときのことだ。

「ひぇっ。」「ひゃっ。」

ぼくは、はじかれたようにとびさがって、エノコログサに足《あし》をすべらせ、ころんだ。ウサキチはといえば、すばやくうごけず、その場《ば》でころんだ。

だしぬけに長《なが》いヘビがボートからとびだしたのだ。

ヘビはぼくとウサキチのあいだをすりぬけエノコログサの根元《ねもと》をぬうように走《はし》りさった。

「ああ、びっくりした。」

と、ぼくがいうと、ウサキチは目《め》を大きくしてうなずいたあとで、かなしそうに首《くび》を左右《さゆう》にふった。

「これで、チュータの運命《うんめい》は決《き》まったな。」

どういうこと？　と、ぼくはウサキチの顔《かお》を見た。

「チュータは、この船《ふね》に住《す》んでいたんだよ。」

え？　とぼくはウサキチを見た。ウサキチはもういちど首《くび》を左右《さゆう》にふった。それからのろのろと立《た》ちあがって、ボートをのぞきこんだ。ぼくもそうした。かわききったボートのなかには、なにもなかった。

なにもないボートの底《そこ》を見て、ネズミとヘビのことを考《かんが》えていると、うしろでかわいた音《おと》がした。あわててふりむくと、ヘビがエノコログサのすきまから、こちらをにらんでいた。

ぼくたちはゆっくりうしろにさがった。するとヘビはとつぜんぼくたちにむかって突進《とっしん》した。

「ひえっ。」「ひゃっ。」

ぼくはとびさがってころび、ウサキチはその場《ば》でころんだ。

ヘビはぎりぎりのところでむきをかえ、草《くさ》むらに消《き》えた。おどしている感《かん》じだ。

「ぼくたちに、どこかへいってほしいみたいだ。」

と、ぼくがいうと、ウサキチはそれにはこたえず、

「いま、『チチチ』ってきこえなかった？」

と、いった。そういえば、たしかにそういう音《おと》か声《こえ》がきこえた。

「それが？」

「『チチチ』っていうのは、チュータの口《くち》ぐせなんだ。つまり、チュータは、まだヘビのなかで生《い》きているんだ。そうだよ。ヘビの頭《あたま》のすぐうしろが、ふくらんでいた。」

そりゃあ、たいへんだとぼくは思《おも》った。

「じゃあ、あのヘビをやっつけて、チュータをすくいださなきゃ。」

と、ぼくがいうと、すかさずウサキチがつづけた。

「ぼくもそう思《おも》う。でもぼくはどっちかっていうと、ヘビは苦手《にがて》だ。」

「ぼくだって苦手《にがて》だよ。でも、たすけなきゃ。」

「どうやって？」

たずねられてぼくはまわりを見まわした。棒《ぼう》きれでも落《お》ちていないかと思《おも》ったの

だ。けれどそんなものはなかった。

「けとばせば？」

と、ぼくはいって、ウサキチを見た。

「それならぼくにもできるかも。でも、かみつかないかなあ。」

「ぱっとけって、ぱっとにげれば？」

「ぱっと、ね。」

ウサキチはうなずいた。そのとき、またヘビがあらわれた。

チュータをたすけなければ。

ぼくは、むちゅうでヘビにむかっていった。ヘビのほうがぎょっとしたように見えた。

「チチッ！」

と、声《こえ》がきこえた。

ぼくはヘビの胴体《どうたい》のあたりをけとばした。もちろんけとばしたとたんに、ぱっとにげた。

「ええっ!?」

ぼくもウサキチもさけんだ。おどろいたのだ。ヘビのからだがちぎれて飛《と》ぶのが見えた。それよりも、けとばした感《かん》じが、まるで空気《くうき》をけったようで、たよりなかったからだ。

6
野《の》原《はら》の難《なん》破《ぱ》船《せん》

「ヘビのぬけがらだ！」

ぼくたちは同時《どうじ》にさけんだ。

ぬけがらの頭《あたま》のところをもちあげてみると、一ぴきのネズミがねころがって、ぽかんとした顔《かお》でこちらを見あげていた。

「チュータ？」

ぼくが声《こえ》をかけると、ネズミはおどろいて、

「チチッ？　だれ？」

と、いった。ウサキチがぼくのうしろから、うれしそうな声《こえ》で、

「だれって、キヨチに決《き》まってるじゃないか！」

というと、ネズミは信《しん》じられないという目《め》で、ぼくを見た。
「チ？　キョチだって……？」
「だって、きみ、ここにくるのは、キョチに決《き》まっているじゃないか！」
ネズミはとびおきて、ウサキチをみつめた。
「チ、チ！　ウサキチではないか！　きみ、ずいぶん太《ふと》ったのではないかい？」
「ひさしぶりにあったあいさつがそれ？」ウサキチは肩《かた》をすくめて、首《くび》をななめにし、両手《りょうて》をひろげてみせ、それからいった。
「きみはなんだかみすぼらしくなったみたいに見えるぜ。」
そういわれたチュータも、
ウサキチのまねをして、
肩《かた》をすくめて、首《くび》をななめにし、
両手《りょうて》をひろげてみせた。
「チチチ、なるほどね。ぼくのあいさつが
きみをいい気分《きぶん》にさせなかったということが、

きみのあいさつをきいてわかった気《き》がするぞ。」

　それからぼくを見あげた。

「チ、キョチ……？」

「そうだといってるじゃないか！」と、うれしそうなウサキチ。

「チ、そうかキョチか……！　大きくなったなあ！　うん。大きくなって、もどってきてくれたということなんだな！」

と、チュータが納得《なっとく》すると、ウサキチはいった。

「いままでのことはすっかりわすれているけどね。」

「チチ？　わすれている？　チ、だいじょうぶだ。」ネズミは両手《りょうて》をにぎりこぶしにしてガッツポーズをつくった。「気《き》にしなくていい。思《おも》いだす必要《ひつよう》はない。いまのキョチが思うようにやればいい。チ、だって、キョチはキョチなんだから。」

　それがちがうんだけどなあ、とぼくは思《おも》った。でも、

「ありがとう。」

と、うなずいておいた。それからたずねた。

「チュータは、どうしてヘビのぬけがらをかぶって、ぼくたちをおどそうとしたの？」

チュータは指《ゆび》を二本《ほん》立《た》てた。

「チチ、その理由《りゆう》はふたつある。ひとつめは、ぼくは暑《あつ》いところで昼寝《ひるね》をしていて、悪者《わるもの》におそわれる夢《ゆめ》をみていて、ねぼけたということ。ふたつめは、もしもそういうときはヘビのぬけがらをかぶっておどかそうと、用意《ようい》していたということ。チ、まさかウサキチとキョチがやってくるとは思《おも》ってもいなかったもんだからね。」

なるほど、そういうことだったのか、とぼくとウサキチはうなずきあった。

ウサキチは、すこしえんりょしている感《かん》じでいった。

「ええっと、チュータ、いつもいそがしくうごきまわっていたむかしのきみから考《かんが》えるに、昼寝《ひるね》でねぼけるなんて、考えられないんだけど、きみは、その、あのころとなにか、かわったのかい？」

チュータはひとつためいきをついた。

「チ、チ、かわったかって？　大《おお》がわりだと思《おも》うがね。チ、ほら、ぼくは船乗《ふなの》りにあこがれていただろ。だからずっとボートに住《す》んでいたし、いまも住んでる。きみたちが乗《の》りにきていたころは池《いけ》に浮《う》かんでいるボートだったろ？　あのヤナギの木《き》にロープでつないでいたよなあ。ところが、その池が干《ひ》あがってきたんだ。チ、小さくなっていくんだよ。ぼくはロープを長《なが》くした。池はどんどん小さくなり、ロープはどんどん長くなった。そしてある日《ひ》ロープは必要《ひつよう》なくなった。チ、チ、池がなくなったんだ。」

「どういうわけで池《いけ》がなくなるんだ？」

ウサキチが口《くち》をはさんだ。チュータはちらっとぼくを見た。

「チ、チ、そりゃあ……、ぼくが思《おも》うに、チ、キヨチがこなくなったからじゃないか？」

「どうしてキヨチがこなければ池《いけ》がなくなるんだ？」

とウサキチが、ぼくの思《おも》ったことをたずねてくれる。

「そりゃあ、チ、キヨチが乗《の》りにくるためのボートであり、そのボートを浮《う》かべるための池《いけ》であったからだろうよ。」

そういえば、ここはキョチの国《くに》だった、とウサキチがいっていたことをぼくは思《おも》いだした。

チュータはつづけた。

「チ、池《いけ》のないボートって、まがぬけているだろ。野原《のはら》の難破船《なんぱせん》だよ。おなじ難破船でもせめて海辺《うみべ》ならかっこうがつくんだがね。ぼくはもう、チ、やりきれない思《おも》いなんだ。昼寝《ひるね》のひとつもしたくなるだろ。」

――野原《のはら》の難破船《なんぱせん》か……。野原の……。

と胸《むね》のなかでくりかえして、ぼくはいいことを思《おも》いついた。

「ね、ウサキチ、きみ、力《ちから》はつよいほう?」

「キョチとおなじくらいには。」

と、ウサキチはこたえた。つぎにぼくはネズミにたずねた。

「チュータ、もしもこのボートが海辺《うみべ》にあるとしたら、きみはどう思《おも》う?」

「チ、チ、海辺の難破船《なんぱせん》! そりゃあうれしい。でもここは野原《のはら》だ。」

ぼくはうなずいた。

「ぼくたちで力《ちから》をあわせれば、野原《のはら》のはずれまで、このボートをおしていけると思《おも》うんだ。」

「チ？」

チュータは目《め》をほそめてぼくを見た。

「この船《ふね》に乗《の》って、ぼくたちは坂《さか》をすべりおりるんだ。」

ぼくがそういうと、ウサキチとチュータは顔《かお》を見あわせた。そして同時《どうじ》にさけんだ。

「チ、ザッパン海岸《かいがん》まで！」

「ザッパン海岸まで！」

「どうだろう。」

ぼくがたずねると、チュータがさけんだ。

「チ、チ、すばらしい！　チ、チ、海辺《うみべ》の難破船《なんぱせん》だ！」

そのことばにウサキチが意見《いけん》をいった。

「海辺《うみべ》だったら、難破《なんぱ》していなくてもいいんじゃないか。」

チュータはひげをふるわせた。

「チチ？　船《ふね》を海《うみ》に、浮《う》かべられるってか！」

「海のそばにいるんだったら、浮かべりゃいいじゃないか。よかったな、チュータ。ぼくもうれしいよ。」ウサキチはうなずいて、あとはこっそりつぶやいた。「なにしろ、海岸《かいがん》まで坂道《さかみち》を歩《ある》かなくてもよくなったんだからなあ。」

チュータは船《ふね》にとび乗《の》り、ふなべりをぴょんぴょんとびはねた。

「チ、チ、さすがはキヨチだ。ぼくはうれしくて、こころがからだからとびだしそうだよ！　あいかわらず、いいことを思《おも》いつくなあ。」

キヨチじゃないんだけどなあと思いながらも、いい考《かんが》えだったなとぼくは自分《じぶん》でもうれしく思った。

ウサキチがボートのへさきをひっぱり、ぼくとチュータが船《ふね》のうしろをおした。いったんうごきだすと、平底《ひらぞこ》のボートはエノコログサの上をするするとすすんだ。

「チ、これを海《うみ》に浮《う》かべるなら、ペンキもぬりなおさなきゃ。」

チュータは小さいからだでいっしょうけんめいボートをおしながら、うれしそうにいった。

けれど池《いけ》の底《そこ》だったところからおしあげているのだ。だんだんかたむきがきつくなってくる。そのうちに、スピードがにぶってきた。

「チ、ウサキチ、きみ、ちゃんとひっぱってないだろ。」

チュータにいわれてウサキチは、

「おや、とんだいいがかりだ。」

と口《くち》をとがらせた。けれどチュータのことばはきめがあったらしく、そのあとボートはまたすすみはじめた。

ようやく池《いけ》の岸辺《きしべ》だったところまで、ボートはもちあがった。三人《にん》とも肩《かた》で息《いき》をしている。そこから野原《のはら》のはずれまではひらたくて、ずいぶんらくにうごいた。

野原《のはら》のはずれから坂《さか》がくだっている。

ボートのへさきが坂のはじまりにつきだして浮《う》いているところで、おすのをやめた。

ぼくたちはボートのうしろのほうに乗《の》りこんだ。

「いいかい。そうっと前《まえ》のほうへすすんでいくんだ。」

ぼくがいって、ぼくたちはからだを前へうつしていった。

船首《せんしゅ》がすうっとさがった。ボートはゆっくりエノコログサの坂《さか》をすべりはじめた。

7 ザッパン海岸《かいがん》

「イヤッホー！」と、ウサキチがさけんだ。「キョチがもどってきて、こんな冒険《ぼうけん》ができるなんて、思《おも》ってもみなかったよ。なんてしあわせなんだ！」

「チ、チ、チ。」船首《せんしゅ》にしがみついたチューターがふりむいて、風《かぜ》にひげをなびかせながらいった。「きみがしあわせなときに、こんなことをいうのは気《き》がひけるのだが、こうしてゆっくりすべっているうちはいいとしても、もっとスピードが出《で》てきたら、ブレーキもハンドルもないことを気にするんじゃないかな。」

「すべりはじめるまえにいえよ。」

といったのはウサキチで、ぼくは、

「オールがあったら、スピードをおとせたのになあ。」

と、いった。それをきいたウサキチが耳《みみ》をなびかせながらいった。

「チュータ、オールがあったろう。」

「チチッ、あった。」

だんだん船《ふね》のスピードが出《で》てくる。

「それ、どうしたんだ？」

耳《みみ》もとで風《かぜ》が鳴《な》る。

「チッ、どうしたもこうしたも！」

チュータとウサキチは、ほとんどどなるようにさけびあった。

「だから、どうしたんだ！」

ドンとショックがあって、ボートが坂《さか》のこぶに乗《の》りあげて、かるく飛《と》ぶ。飛んでいるときだけ、草《くさ》をすべる音《おと》が消《き》えて、耳《みみ》もとで風《かぜ》を切《き》る音だけになる。ぼくたち

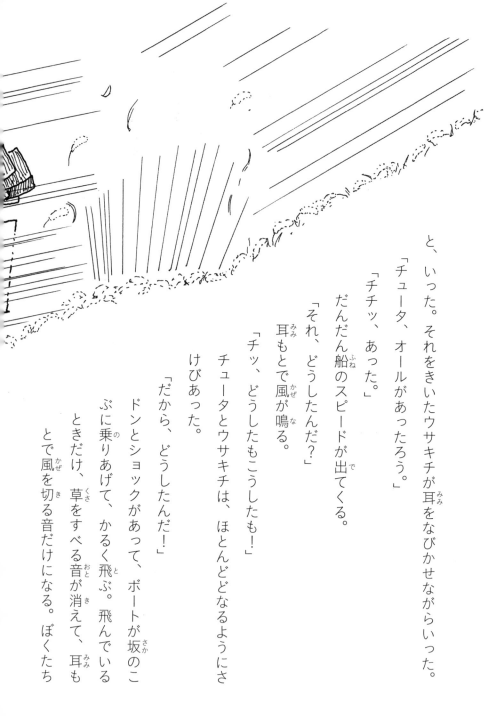

は息《いき》をのんでボートのへりにしがみつく。ザザッと草《くさ》に着地《ちゃくち》して、ボートはまたすべっていく。
「チッ、食《た》べた！」と

チュータがさけぶ。

「食《た》べたぁ!?」ウサキチがさけびかえす。

「チチッ、食べた！　ほかになにもなかったから！　しかたないだろ！」

「よくあんなもの！　食《た》べられるな！」

船《ふね》はますますスピードをあげ、ふたりはさけびあう。

「ロープはどうしたんだ!?」

「チ、チ、チ、食《た》べた！」

「食べたぁ!?」

「チ、食《た》べた！」

「よくあんなもの！　食べられるな！」

ボートの底《そこ》がエノコログサにこすれる音《おと》がたかまる。ぼくたちのからだが坂《さか》のこぶごとにはねあがる。

「しっかりつかまって！」

ぼくがさけぶ。

目《め》の前《まえ》が霧《きり》の海《うみ》だというところにいちばん大きなこぶがあった。こぶに乗《の》りあげたボートは空中《くうちゅう》を飛《と》んだ。

「ひゃあー!」

「チ、チ、チ!」

「わあー!」

ぼくたちはさけび声《ごえ》をあげながら、ボートのへりにしがみつき、霧《きり》のなかにつっこんだ。まわりのようすがわからない。

とつぜん、つんのめるようにボートにブレーキがかかって、底《そこ》にこすれるものの音《おと》がかわった。着地《ちゃくち》したのは草《くさ》の上ではない。砂《すな》の上をすべっているのだ。

そう思《おも》ったしゅんかん、すごい音《おと》をたてて、ボートはなにかにぶつかり、ぼくたちは空中《くうちゅう》を飛《と》んだ。空中を飛びながら、ぼくたちはむちゅうでしがみつきあった。

落《お》ちたのは砂《すな》の上だ。ウサキチが下になって、二度《ど》ほどはねてとまった。ぼくはさけんだ。

「ウサキチ! チューター! だいじょうぶ?」

「チ、チ、チ、だいじょうぶ。」

「ぼくはクッションのようなウサキチだからね。」

元気《げんき》な声《こえ》がかえってきて、ほっとした。ほっとしたあとで、ウサキチとであったとき、クッションのように見えたことを思《おも》いだした。

そこがやわらかい砂《すな》だったのと、ウサキチがクッションになってくれたおかげで、ぼくもチュータもぶじだったのだと思《おも》う。

波《なみ》の音《おと》がきこえている。ザッパーン、ザッパーンときこえている。

ふりかえると、大きな岩《いわ》が砂《すな》からつきでていた。これにぶつかったようだ。

そのとき、ふしぎなことがおこった。

すごいいきおいで走《はし》りくだってきたボートのせいで、ドライアイスの白《しろ》い煙《けむり》を手《て》ではらったときのように、霧《きり》がまきあがるようにはれていったのだ。

それにつれて、視界《しかい》がひらけていく。このあたりは砂浜《すなはま》で、すこしむこうに大きな岩《いわ》がいくつもあり、そこで波《なみ》がくだけて音《おと》をだしているのがわかった。霧《きり》がはれて、くれていく空《そら》と波をうちよせる海《うみ》が、まいたカーペットをほどいていくようにひろがっていく。やがてむこう岸《ぎし》にひときわそびえる山《やま》が見えてきた。

「あれがさいはて山《やま》か……。」

ウサキチがつぶやいた。

「あれが、さいはて山《やま》……？」

ぼくもつぶやくようにくりかえすと、ウサキチが「たぶんね」とうなずいた。

「ずいぶん遠《とお》いんだね。」

と、ぼくがいうと、

「ずいぶん遠《とお》いな。」

と、ウサキチはうんざりした顔《かお》でいった。

「チ、チ、チ、ちょっとまってくれないかな？」と、チュータがわりこんだ。「まさか、あの山《やま》までいくなんて、思《おも》ってないだろうね。」

「ああ、そのことだけどね。」ぼくはチュータに旅《たび》の目的《もくてき》を話《はな》していなかったことを思《おも》いだした。

「ぼくたちはさいはて山《やま》のてっぺんまでいかなくちゃならないんだ。」

それをきいて、チュータは目《め》をぱちぱちさせたあと、指《ゆび》を二本立《ほんた》てた。

「チ、チ、質問《しつもん》がふたつある。どうしてあの山《やま》のてっぺんまでいかなくてはならないのか。そしてキョチのいう『ぼくたち』ってだれのことなのか。」

ぼくは、ウサキチのはねる力《ちから》をとりもどすためには、さいはて山《やま》のてっぺんにあるいすにすわらなければならないことを、チュータに説明《せつめい》した。

「チ、それはけっこうなことだ。で、『ぼくたち』っていうのは？」

チュータがたずねる。

「ぼくとウサキチ、それから、もしもチュータがついてきてくれたらこころづよいな。」

ぼくがそういうと、チュータはもっともらしくうなずいた。

「チ、こころづよいといってくれるのはうれしい。とはいうものの、ぼくはいま、ずっとあこがれていた海辺《うみべ》の船《ふね》でくらすというのをはじめようというところなんだよ。だから、その話《はなし》には……。」

チュータのことばをさえぎって、ウサキチがいった。

「その、海辺《うみべ》の船《ふね》っていうのは、どこにあるんだ？」

「チ、チ？　どこにあるって、きみ……。」

チュータはまわりを見まわした。まわりには木《き》のかけらがいっぱいちらばっている。

「チ……！」

チュータは息《いき》をのんで、手《て》で口《くち》をおさえた。そこではじめてなにがおきたか、ぼくにもわかった。

「チ、チ、チ……！」

チュータがぼくを見た。ぼくは、

「ああ、チュータ……。」

といって、あとがつづかなかった。チュータはつぎにウサキチを見た。ウサキチはかなしそうな顔《かお》で首《くび》をかたむけて、肩《かた》をすくめた。

チュータはあきらめきれず、大きな岩《いわ》のむこうにまわった。なかなかもどってこない。ぼくも見にいった。チュータはすわりこんで肩《かた》をおとしている。まわりには、やはり木《き》のかけらがちらばっているばかりだ。

「チュータ、ごめん。ボートで坂《さか》をすべりおりようなんて、ぼくがいわなかったらよかったね。」

ぼくがあやまると、チュータはおどろいてぼくを見た。

「チチッ？　キヨチがあやまるなんて……。」それから首《くび》をふった。

「キヨチはあやまらなくてもいいんだよ。キヨチは……、チ、船《ふね》もなくなったことだし、いっしょにさいはて山《やま》へいこうっていえばいいんだよ。」

——なんてけなげなことをいうんだ。

と、ぼくはおどろいた。

ウサキチがいつのまにかぼくのとなりにきていた。話《はなし》をきいていたようだ。ウサキチはぼくと目《め》があうと、はっと思《おも》いついたように、あごをチュータのほうにふって、いまのことばをいってやれ、という身《み》ぶりをした。

そこでぼくはいってみた。

「チュータ、船《ふね》もなくなったことだし、いっしょにさいはて山《やま》へいこう。」

もっとつよくいったほうがいいのかな、とぼくはウサキチを見たけれど、ウサキチはうんうんとこまかくうなずいていたので、これでいいかと思《おも》った。それでよかったようだ。

「チチ、いこう。」

チュータは立《た》ちあがっていった。

「チッ、ぼくはボヘミアンになるんだ。」

「ボヘミアンって、なんだ？」

ウサキチがたずねた。

「旅《たび》をして、自由《じゆう》にくらすひとだよ。」

ぼくは、旅芸人《たびげいにん》の写真集《しゃしんしゅう》を見たときに、おじいちゃんにおしえてもらったとおりにこたえた。

暗《くら》くなってきたので、その岩《いわ》かげでねむることにした。

「チ、岩かげでねむる……。ボヘミアンだなあ。」

と、チュータがいった。

8　星組《ほしぐみ》のスター

夜空《よぞら》いっぱいの星《ほし》だ。

あいかわらず、波《なみ》の音《おと》がつづいている。

ぼくはなかなかねむれなかった。

と、波の音が、なにか音楽《おんがく》の伴奏《ばんそう》のようにきこえはじめた。そのつぎに、歌声《うたごえ》のようなものがきこえてきた。夢《ゆめ》かなと思《おも》ったけれど、声はだんだんはっきりしてくる。ものがなしいちょうしだ。ふたりの小さな声が、かけあいでうたっている。

空《そら》の霧《きり》がはれたのに　ぼくらの霧ははれやしない
空に星《ほし》が見えるのに　ぼくらに笑顔《えがお》はもどらない

あいつときみとおいらとで　ぴったり三人組《さんにんぐみ》だったのに
ああ　星組《ほしぐみ》のスター　ああ　星組のスター
あいつときみとおいらとで　かんぺき三人組だったのに
ああ　星組のスター　ああ　星組のスター
いまはぼくたちふたり組《ぐみ》　すごい三人組《さんにんぐみ》だったのに
いまはぼくたちふたり組　すてきな三人組だったのに

それを何度《なんど》もくりかえしてうたっているのだ。

ぼくはおきあがって、どちらからきこえてくるのかさぐってみた。どうやら、大きな岩《いわ》の上のほうからきこえてくるようだ。そっと立《た》ちあがって岩の上を見た。すぐにわかった。ふたりのうちのひとりが、ひかっていたからだ。ふたりはヒトデのようだった。たずねてみた。

「きみたち、ヒトデ？」

「だれ？」

ひかっていないほうがたずねかえした。

「こんなところまでやってくるのは、キヨチに決《き》まっているじゃないか！」

いつのまにかうしろにやってきていたウサキチがいうと、

「ああ、きみがキヨチかあ。話《はなし》にはきいているよ」と、ひかっていないほうがいった。「おいらはヒトデ。」

ひかっているほうがつづけた。

「おいらは星《ほし》。流《なが》れ星《ぼし》になって落《お》ちてきたんだ。」

「ぼくはウサキチ。」

「そして、ぼくはチュータ。」

と、ウサキチとチュータがつづけた。

「ええっと、きみたちは、もうひとりいて三人組《さんにんぐみ》だったんだね？」

ぼくがいうと、星《ほし》とヒトデは声《こえ》をそろえて「そうだよ」といった。

「そのもうひとりがいなくなっちゃったんだね？」

星《ほし》とヒトデは「そうだよ」とうなずく。

「もうひとりはどこへいっちゃったの？」

星とヒトデは首《くび》をひねった。

「そのもうひとりはどこからきたの？」

星《ほし》とヒトデは「空《そら》から」と、声《こえ》をそろえた。

「じゃあ、もうひとりは流《なが》れ星《ぼし》だったの？」

星とヒトデはちがうと首《くび》をふる。

「もうひとりって、だれ？」

ぼくがたずねると、ふたりは声《こえ》をそろえた。

「コンペイトウ。」

「コンペイトウ？　コンペイトウが空《そら》からやってきたの？」

ぼくがそういったとたん、ウサキチとチュータが「あ」といった。

「まえにキョチは、坂《さか》の上からパチンコでコンペイトウを飛《と》ばしたことがあった。」

「チチッ、おぼえてる。おぼえてる。」

よくわからなかったけれど、ぼくは袋《ふくろ》からコンペイトウをひとつぶだした。

「こんなので、いいの？」

「それでいいんだ！」星《ほし》とヒトデは声《こえ》をそろえた。「さすが、キヨチ！」

そしてぼくがさしだしたコンペイトウに、ヒトデと星がちょいとさわった。

そのとたんに、コンペイトウは星やヒトデとおなじ大きさにふくれあがり、いっしょにうたいだした。たのしい歌《うた》だった。

三人《にん》そろっておいらたちぴったり
三人そろっておいらたちかんぺき
三人そろっておいらたちスター
空《そら》の歌《うた》も
海《うみ》の歌も
陸《りく》の歌も

かがやく歌《うた》も
しょっぱい歌も
あまい歌も
どんな歌《うた》でもおのぞみしだい
おいらたちすてきな三人組《さんにんぐみ》　星組《ほしぐみ》のスター
どんな歌でもおのぞみしだい
おいらたちすてきな三人組　星組のスター

「よかったね。」

と、ぼくはいった。でも、コンペイトウも星《ほし》のなかまだったなんて、ちょっとおどろきだ。

ウサキチとチュータが拍手《はくしゅ》し、それにおじぎをしたヒトデが首《くび》をかしげた。

「きみたち、こんなところでなにをしているの？」

「いや、じつはね……」と、いままでのことを説明《せつめい》したのは、なんとコンペイトウのスターだった。

「それで、あのさいはて山《やま》までいくんだけど、船《ふね》がこわれてしまって、いけなくなって、こまっているんだ。」

ぼくがいうと、

「どうして船《ふね》がいるの？」

と、ヒトデがいった。ぼくは首《くび》をかしげた。

「だって、さいはて山《やま》は、あの島《しま》にあるじゃないか。」

「あれ、島じゃないよ」と、ヒトデはいった。

「あの山は、ここと陸《りく》つづきだよ。」

ヒトデが砂浜《すなはま》にとびおりて、足《あし》でC形《シーがた》の、カブトムシの幼虫《ようちゅう》のようなかたちをえがいた。

そして幼虫のしっぽの先《さき》を足でしめした。

「ここが、ザッパン海岸《かいがん》。」

つぎに幼虫《ようちゅう》の頭《あたま》のあたりを足《あし》でしめし、

「ここが、さいはて山《やま》。だから、海岸沿《かいがんぞ》いに歩《ある》いていけばさいはて山にいける。」

さらに、幼虫《ようちゅう》のおなかのあたりを足でしめしていった。

「半分《はんぶん》ほどいったあたりに、キリフキ川《がわ》があって、それはキリフキ谷《だに》から流《なが》れでる川。」

そちらをながめると、たしかに霧《きり》がたちこめている。霧のせいで陸《りく》つづきであることがわからなかったのだろう。

「キリフキ川《がわ》は橋《はし》がないから、上流《じょうりゅう》まで、つまりキリフキ谷《だに》をのぼらなければむこうへいけないよ。」

と、星《ほし》がいった。それからつけくわえた。

「キリフキ谷《だに》には、さけびネコがいるから、気《き》をつけないと、さけばれる。」

「それ、やかましいの？　さけぶだけ？」

ぼくがたずねた。星はいった。

「さけびネコはさけぶだけ。ただ、その声《こえ》をききつけて、山賊《さんぞく》がやってくる。」

「山賊？　こわいの？」と、ぼく。

「こわくない山賊《さんぞく》っていないよ」と、星《ほし》。

――めんどうなのがいるな。

ぼくはためいきをついた。

そんなぼくを見て、スターのコンペイトウがいった。

「さけびネコは、コンペイトウが好《す》きだよ。」

9 キヨチと一平《いっぺい》

つぎの日《ひ》の朝《あさ》、ぼくたちは、ひとりにひとつぶのコンペイトウとひとしずくのお茶《ちゃ》の食事《しょくじ》をすませ、さいはて山《やま》をめざして海岸《かいがん》を歩《ある》きはじめた。

あいかわらず、ウサキチはのろのろと歩く。すこし歩いては、

「きのう、きゅうにたくさん歩《ある》いたからなあ」とか、

「この、足《あし》のつけねのところが、むりしてる」とか、

「ぼくのふくらはぎが、ひめいをあげているのが、きみたちにもきこえるかい？」

とかいって、すぐにやすむ。

やすむのはかんたんだ。その場《ば》に腰《こし》をおろして、海《うみ》をながめればいい。白《しろ》い砂浜《すなはま》にしずかに波《なみ》がうちよせている。ザッパン海岸《かいがん》とちがって、波がしずかだ。

海《うみ》を見ながら、ぼくがいった。

「ねえ、ウサキチ、チュータ、ひとつおしえてほしいんだけど。」

「なんだい？」とウサキチがぼくをすこし見おろしていい、

「チ、ひとつでなくてもいいけどね。」

とチュータが見あげていった。

「ヒトデたちはぼくのなまえを知《し》っていたね？　ここのひとたちは、みんな、ぼくのことを知っているの？」

ウサキチは空《そら》を見あげた。

「さあ、どうかなあ。」

「さけびネコとか山賊《さんぞく》とかは、ぼくのことを知《し》っているのかなって思《おも》ったんだけど……。」

「チ、チ、ぼくが思《おも》うに、さけびネコとか山賊《さんぞく》とかは、キヨチのことを知《し》らないんじゃないかな。むかしのキヨチだって、さけびネコとか山賊とかは知らなかったと思う。そんな話《はなし》、きいたことがないもの。チ、キヨチが知っていたのはザッパン海《かい》岸《がん》までだったと思う。」

ウサキチもうなずいた。

「うん、ザッパン海岸《かいがん》にはいかなかったけど、知《し》っていたな。」

すると、キヨチも知らなかったところへいくんだなと、ぼくは思《おも》った。

さらにつぎの日《ひ》、ウサキチはぎくしゃくとした歩《ある》きかたで、

「いや、キヨチとちがってさ、ぼくぐらいになると、きゅうにからだをうごかすとね、つぎの日はたいしたことはなくても、二日目《ふつかめ》につかれが出《で》るんだよ」とか、

「きのうはだるい、つかれているという感《かん》じだったけど、きょうはいたいという感じだな」とか、

「これねえ、このままいくと、夜《よる》に足《あし》がつるなあ」とかいって、しょっちゅうやす

んだ。

やすんで、ものほしそうにまわりを見まわすが、ウサキチの口《くち》にあいそうなものはみつからない。ずっと砂浜《すなはま》なのだ。

——それにしても、キヨチってどんな子《こ》だったんだろう。

ぼくはふたりにたずねてみた。

「ねえ、ぼく、すっかりわすれているからおしえてほしいんだけど、ぼくはきみたちとどんなことをしていたの？」

ウサキチとチュータは顔《かお》を見あわせた。ウサキチがいった。

「いちばんよくやっていたのは、たんけんだな。」

「チチ、たんけん。よくやったな。棒《ぼう》かなんかをもって、森《もり》のなかにはいっていくんだよな。」

「キヨチは、たんけんが好《す》きだったなあ。たんけんしていると、敵《てき》があらわれて、たたかうんだよね。」

ウサキチが、棒《ぼう》をふりまわすように手《て》をうごかす。

「敵《てき》がいたの？」

あわててぼくはたずねた。

「チチッ、いないよ。」チュータが首《くび》をふった。「いるってことにしてたんだ。」

「敵《てき》にみつからないように、木《き》のかげにかくれてしのびよるんだよね。」

と、ウサキチがいうと
「チ、チ、キヨチはしのびよるのが好《す》きだったなあ。」

と、チュータがなつかしそうにいった。

じゃあ、たんけんごっこだな、とぼくは思《おも》った。どうもキヨチはぼくよりもおさない子《こ》だったらしい。

「好《す》き、といえば、」ウサキチが砂《すな》にねころんで空《そら》を見た。

「ぼくがいちばん好きだったのは、ボートに乗《の》ってねころぶってことだったけどさ。ほかには、大きな木《き》の枝《えだ》にロープをひっかけて、それにぶらさがってね、ブランコみたいにゆれるっていうのが、おもしろかったな。」

するとチュータが手《て》をふった。

「チッチッチ、ぼくはそれ、あまりおもしろくなかった。からだがかるいからね。ぼくはかくれんぼのほうがおもしろかったな。」

こんどはウサキチが口《くち》をとがらせた。

「かくれんぼ？　ぼくはすぐにみつかっちゃうからなあ。」

「チチッ、そうそう。」チュータが思《おも》いだして、くっくっとわらった。「ウサキチときたら、草《くさ》むらにかくれて、チ、からだじゅうに草の実《み》をひっつけちゃったことがあったよな。」そういって、

「チ、いやなこと、思《おも》いださせたかな」と、つけくわえた。

ウサキチは空《そら》を見たまま、わらって首《くび》をふった。

「あれは、いやなことじゃなかった。草《くさ》の実《み》だらけになって、ふたりにわらわれたときは、そりゃまあ、むっとしたけど、いまじゃ、あのことは、ぼくの好《す》きな思《おも》い出《で》なんだ。」

「チチ？　どうして？」

「だって、そのあと、キヨチはずいぶん時間《じかん》をかけて、からだじゅうから草《くさ》の実《み》をとってくれたんだからね。」

ウサキチがしあわせそうにいうと、チュータもうなずいた。

「チチチ、そういう、やさしいところもあったよな。ぼくがうれしかったこととい えば、ほら、はじめてボートにみんなで乗《の》ったときに、ぼくがとってもボートを気《き》にいってしまっただろ？ それでキヨチが、このボートはチュータにあげる、ときどき乗せてもらうけど、チュータのボートにしようって、いってくれた。あのときは、チチ、ほんとにうれしかったなあ。」

キヨチって、そんなことをいったり、したりしていたんだ、とぼくは思《おも》った。そして、ふたりのそういう思《おも》い出《で》のあるキヨチのふりをずっとしていてもいいのだろうか、とも思った。

そのあと、歩《ある》きはじめるまえにウサキチのせなかの砂《すな》をぼくがはらってやると、

「もういちどこんなことをしてもらえるなんて、思《おも》わなかったよ。」

と、ウサキチは目《め》を細《ほそ》くした。


それからしばらく歩《ある》いて、また休憩《きゅうけい》になった。

ウサキチとチュータといっしょに、おだやかな海《うみ》をながめていると、どうしてぼくはここにいるのだろう、と思《おも》ってしまう。こたえはわかっている。

――キョチとまちがえられているから。

こころのなかでそうことばにしてしまうと、まちがえられたままにしていてもいいのだろうか、という気持《きも》ちがふくれあがってくる。いったんそういう気分《きぶん》になってしまうと、かくしておくのがわるいように思《おも》えてきて、思いきっていってみた。

「あのう……、ほんとのことをいうとね、ぼく、キョチじゃないんだ。」

ウサキチもチュータもだまりこんだ。おだやかな波《なみ》の音《おと》がきこえる。すこし時間《じかん》がたってから、

「やっぱり……。」

と、ウサキチがいった。

ぼくはおどろいてウサキチの顔《かお》を見た。

「やっぱり、って？」

たずねると、ウサキチはいやいやをするみたいに首《くび》をふった。

「はじめはキヨチだと思《おも》ったんだよ。でも、だんだんちがうんじゃないかなって思いはじめて……。ボートがこわれたとき、チュータにあやまっただろ？　あのとき、ちがうって思った。キヨチならあやまらないもの。そのときにそういえば、って思った。最初《さいしょ》にあったときに、ぼく、さんざんあやまらせただろ？　気《き》がついてもよかったんだ。でも、ぼくはあのとき、ほんとにうれしかったから、気がつかなかった。それで、気がついてからも、キヨチだっていうことにしておこうと思ったんだよ。」

ぼくがウサキチを見ると、ウサキチはじっと海《うみ》のほうを見ていた。

「チュータは、知《し》っていたの？」

「チチ」と、チュータはうなずいた。「あんまりウサキチがよろこんでいたから、それならキヨチでもいいかって……。」

「キヨチじゃなくて、ごめんね。」

ぼくはふたりにいった。

「チッチッチ、キヨチのふりをさせてわるかったと、ぼくたちこそあやまるべきだろう。」

と、チュータがいった。

「ぼく、キヨチじゃないけど、さいはて山《やま》へいって、ウサキチのはねる力《ちから》をとりもどすっていうのは、やるからね。」

「よかった」と、ウサキチは笑顔《えがお》になった。

「で、ほんとは、なんていうなまえなの?」

「一平《いっぺい》っていうんだ。」

「ふうん。イッペーか。」

「チチ、イッペー、な。」

ウサキチとチュータがおぼえこむようにくりかえした。

10 キリフキ谷《だに》のさけびネコ

海岸《かいがん》を歩《ある》きだして三日目《みっかめ》、ひさしぶりに霧《きり》が出《で》てきたなと思《おも》ったら、川《かわ》だった。キリフキ川だ。

ウサキチもなれてきたのか、だいぶ長《なが》く歩《ある》けるようになっている。四日《よっか》まえは、十歩《ぽ》も歩くとはあはあいっていたのだ。

ぼくたちは川《かわ》にそってのぼりはじめた。

はじめは、なだらかな草地《くさち》だった。やがて岩《いわ》ばかりの道《みち》になった。キリフキ川《がわ》は、いつのまにか低《ひく》いところを流《なが》れている。キリフキ谷《だに》になったのだ。流れる音《おと》はきこえるが、のぞきこんでも霧《きり》ばかりで流れは見えない。足《あし》もとに気《き》をつけながら、しめっぽい岩山《いわやま》のあいだの道をのぼった。

「ああ、もう足《あし》がつかいものにならない！」

と、ウサキチがいって、ぼくもそろそろひとやすみしようか、と思《おも》った。そのとき、チュータがびくっとして、ぼくの肩《かた》にかけあがった。

霧《きり》が流《なが》れるなか、目《め》の前《まえ》の岩《いわ》に、大きなネコがいた。

ぼくが知《し》っているネコよりも、ふたまわり大きい。それがひらたい岩の上に横《よこ》をむいてねそべり、こちらがわの前足《まえあし》を岩からぶらさげ、顔《かお》だけをこちらにむけている。

そのネコがいった。

「わたしゃ、さけびネコさ。山賊《さんぞく》に食事《しょくじ》をせわしてもらっているんだ。だからそのおかえしに、だれかがやってきたら、さけぶことになっている。そういうわけだから、わたし

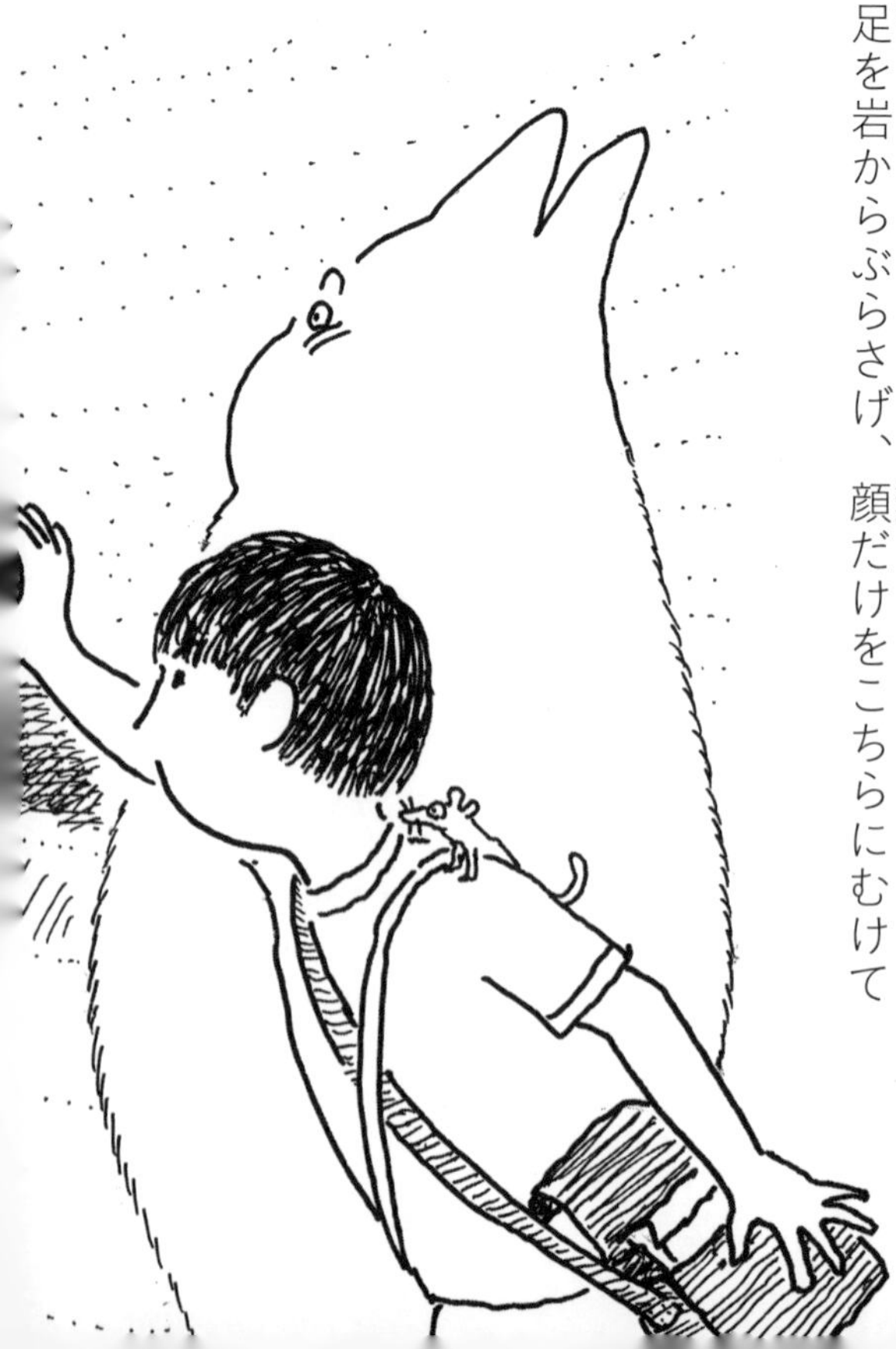

がさけんでも、わるく思《おも》わないでおくれ。」

その顔《かお》がゆがんで、大きく口《くち》をあけた。さけぶのだ。

ぼくは、用意《ようい》していたコンペイトウをひとつぶ、その口にほうりこんだ。

「?」

ネコは口《くち》をとじて、コンペイトウをあじわい、目《め》を細《ほそ》くして、かりかりと音《おと》をたてて食《た》べ、おだやかな顔《かお》になった。

「ねえ、さけびネコさん。」

ぼくはいった。「さけんで、山賊《さんぞく》がやってきたら、ぼくたちはどうなるの?」

「つかまるわね。」

さけびネコのことばに、ウサキチがいいかえした。

「かんたんにつかまるぼくたちじゃない。」

さけびネコはうなずいた。

「山賊《さんぞく》たちは刀《かたな》をもっている。それに、おそろしく力《ちから》のつよいやつと、おそろしく足《あし》の速《はや》いやつがいる。にげきれない。おとなしくつかまったほうが身《み》のためだわね。」

ウサキチは口《くち》をとじて鼻《はな》から息《いき》をだした。

「つかまえられて、どうなるの？」

ぼくはたずねた。

「山賊《さんぞく》のすみかにつれていかれるわね。」

「つれていかれて、どうなるの？」

「保護者《ほごしゃ》に身代金《みのしろきん》をださせるんだわ。」

ウサキチが口《くち》をはさむ。

「ホゴシャって？」

「まもってくれるひと。」

さけびネコがこたえた。

「じゃあ、ぼくのホゴシャはキョチ、いや、イッペーだな。」

と、ウサキチがいうと、

「チ、チ、ぼくだって、イッペーだ。」

と、肩《かた》のチュータがつづけた。

「うひゃ！」

ぼくは声《こえ》をあげた。

「チッ、ぼくのホゴシャは、いやかい？」

チュータがたずねた。ぼくは首《くび》をふった。

「そうじゃない。いま、きみのひげがぼくの耳《みみ》にさわっただろ。ぼく、耳をくすぐられるのによわいんだ。」

チュータはすこし耳《みみ》からはなれた。

「ミノシロキンって？」

ウサキチがもういちどたずねる。

「つかまっているのを、自由《じゆう》にしてもらうためのお金《かね》。」

それも知《し》らないの？　という顔《かお》で、さけびネコがこたえた。

「それ、コンペイトウでもいいのかなあ？」

ウサキチがぼくの袋《ふくろ》をちらっと見ていった。

「ああ、だめ。」さけびネコはあっさりいった。「この島《しま》では山賊《さんぞく》にだけはコンペイトウはきかない。」

それをきいて、ぼくもがっかりした。

「じゃあ、保護者《ほごしゃ》もつかまってしまった場合《ばあい》はどうなるの？」

ぼくがいうと、さけびネコは首《くび》をひねった。ぼくはつづけた。

「ぼくが、このふたりの保護者のイッペーなんだ。」

「おや、まあ」と、さけびネコは顔《かお》から力《ちから》をぬいた。「こりゃまいったわね。あんたたちは、いったいどういうわけでこんなところにやってきたんだい?」

そこでぼくは、魔女《まじょ》のミュータンにおしえられて、ウサキチのはねる力《ちから》をとりもどしに、さいはて山《やま》までいこうとしていることを説明《せつめい》した。さけびネコはうなずいた。

「そういうわけなら、保護者《ほごしゃ》は魔女《まじょ》のミュータンだとおいい。山賊《さんぞく》たちはミュータンのことをおそれているからね。」

「チ、チ」と、チューターが人《ひと》さし指《ゆび》を立《た》てた。「山賊たちにつかまらなければ、ホゴシャがだれかなんていう必要《ひつよう》はないということになるね。」

「つかまらなければね」といったあと、さけびネコはつづけた。

「山賊《さんぞく》は三人《にん》いるよ。小さいのと、細長《ほそなが》いのと、でかいのと。小さいのが〈チエシャ〉、細長いのが〈ハヤアシ〉、でかいのが〈チカラモチ〉っていうんだ。」

「チ、チ。」チューターがもういちど人《ひと》さし指《ゆび》を立《た》てた。「つかまらなければ、そんなこと知《し》ってておかなくてもいいということになるね。」

「つかまらなければね」とうなずいて、さけびネコはつづけた。

「山賊《さんぞく》のすみかから、ヒカリゴケの道《みち》をまっすぐのぼると、とうげに出《で》る。とうげをこえたら、さいはて山《やま》が見える。とうげのむこうへは、山賊《さんぞく》はいかないからね。」

「チ、チ。」チュータがまた人《ひと》さし指《ゆび》。「道《みち》をおしえてくれてありがたいけど、ぼくたち山賊のすみかにはいかないから……。」

チュータにはかまわず、さけびネコはつづけた。

「牢《ろう》にいれられたら、呪文《じゅもん》は『うちはそと、そとはうち』だから、おぼえておき。」

「豆《まめ》まきみたいだなあ。」

と、ぼくはつぶやいてしまった。

「チ、チ」と、チュータが人《ひと》さし指《ゆび》。

「牢《ろう》になんかいれられないから、呪文《じゅもん》は、やくにたたないね。」

さけびネコは、

「いれられなければね」といったあと、あごを上流《じょうりゅう》のほうへふった。「じゃあ、はやくおいき。」

「いろいろおしえてくれて、ありがとうございます。」

と、ぼくがいって、三人《にん》は岩山《いわやま》を上流《じょうりゅう》のほうへのぼっていった。

のぼりはじめて一分《ぶん》もたたないうちに、うしろのほうで、

「ぎゃあぁぁぁぁぁぁぁぁ！」


と、すごく大きなさけび声《ごえ》がきこえた。

「あ、あのネコ、コンペイトウをもらったくせに。」

と、ウサキチがつぶやいた。

「いそごう。」

ぼくがいうまでもなく、ウサキチもチュータも、岩山《いわやま》のあいだの道《みち》をかけあがっていった。

つかいものにならないはずのウサキチの足《あし》は、じゅうぶんつかいものになっていた。

11　三人《にん》の山賊《さんぞく》

とつぜんウサキチが立《た》ちどまり、そのウサキチにぶつかって、チュータもぼくも立ちどまった。

霧《きり》のなかに、三人《にん》の山賊《さんぞく》が、ぬっと立っていた。

でかいのと、細長《ほそなが》いのと、小さいのだ。三人とも、刀《かたな》となわを身《み》につけている。でかいのは太《ふと》い刀と太いなわ、細長いのは長い刀と中ぐらいの太さのなわ、小さいのは小さい刀と細いなわだ。

でかいのがいった。

「まちやがれ。」

はあはあ息《いき》をつきながら、ウサキチがいいかえした。

「まって、どう、するんだ？」

そういいかえされるとは思《おも》っていなかったらしいでかいのは、

「まって、だな……。」

と、ことばにつまって、細長《ほそなが》いのを見た。細長いのは小さいのを見た。すると小さいのがいった。

「おれたちにしばりあげられるんだ。」

「そうだ、しばりあげられるんだ。さすがチエシャ、おれにゃ、そうすらすらことばが出《で》てこねえ。」

でかいのが感心《かんしん》すると、チエシャがいった。

「さあ、チカラモチ、ハヤアシ、しばりあげちまいな。」

ウサキチはチカラモチに、ぼくはハヤアシに、チュータはチエシャに、かんたんにつかまって、なわでしばりあげられた。

ウサキチとぼくがチカラモチの左右《さゆう》の肩《かた》にかつぎあげられ、チュータが細《ほそ》いなわのはしをハヤアシにもってつるされると、三人《にん》の山賊《さんぞく》は岩山《いわやま》をのぼりはじめた。

チカラモチにかつがれたウサキチが、ぼくにささやいた。

「(歩《ある》かなくて、こりゃらくちん。)」

ウサキチってだいたんなのか、わかっていないのか、どっちだろうと、ぼくは首《くび》をひねった。

山賊《さんぞく》のすみかは、谷《たに》のむこうがわとこちらがわを橋《はし》のようにまたぐ、ひらたい岩《いわ》の上にあった。がんじょうな木造《もくぞう》の家《いえ》だ。入《い》り口《ぐち》をはいるのに、ウサキチとぼくをかついだチカラモチは、ぼくたちがつかえて、かなり苦労《くろう》した。

家《いえ》にはいると、部屋《へや》の奥《おく》をしきるように鉄格子《てつごうし》があった。鉄格子には扉《とびら》のついた入《い》り口《ぐち》がある。そこからむこうが牢《ろう》だ。

そこにまず、ぼくをおしこんだ。

ウサキチには牢《ろう》の入《い》り口《ぐち》はせまいようだった。チカラモチが、ウサキチのからだをすこしずつおしこみながら、

「ちょっとは、やせろよ。」

と、いったので、チカラモチとおなじぐらいの大きさのウサキチは

「おまえさんにはいわれたくないね。」

と、いいかえした。

チュータはからだが小さいので牢《ろう》の鉄《てつ》格子《ごうし》がやくにたたない。だから、なわでしばられたまま鳥《とり》かごのなかにいれられた。

チエシャが三人《にん》のなまえをたずねた。

ぼくはキヨチとこたえたほうがいいかな

と一瞬《いっしゅん》考《かんが》えたが、イッペーとこたえた。

それから、チエシャが腕《うで》をくんでたずねた。

「では、保護者《ほごしゃ》のなまえをおしえてもらおうか。」

ぼくたちは、声《こえ》をそろえてこたえた。

「魔女《まじょ》のミュータン！」

「ひょ！」「げ！」「う！」

と、チエシャとチカラモチとハヤアシが声《こえ》をだした。そして顔《かお》を見あわせた。

「こいつは、よく考《かんが》えなければならん。」

チエシャがいって、あとのふたりがうなずいた。そして、チエシャは考え、それからいった。

「魔女《まじょ》のミュータンから身代金《みのしろきん》をとれるとは思《おも》えん。しかし、お礼《れい》ならもらえるかもしれん。」

そしてもうすこし考《かんが》え、それからハヤアシを見ていった。

「ハヤアシ、おまえいまからミュータンのところへいって、こういえ。イッペーとウサキチとチュータがまよっているところをおれたちがたすけてやった、だからお礼《れい》に、あのくだものの森《もり》をここらあたりにもつくってほしい、とな。」

ハヤアシはうなずくと、部屋《へや》を出《で》ていった。

チカラモチがごくりとのどを鳴《な》らした。

「くだものの森《もり》！　おめえはほんとにチエシャだ！　おれはそういうくらしにあこがれていたんだよ。」

チエシャはチカラモチにうなずいて、それからぼくたちにいった。

「ハヤアシなら、真夜中《まよなか》までにはもどるだろう。それまでまっていてもらおうか。」

ぼくたちがここにくるまで四日《よっか》かかったところなのに、半日《はんにち》でいってもどってくるって、ほんとにすごいハヤアシだな、とぼくは思《おも》った。でも、そのあいだずっと、このまましばられているのは、からだがいたいなとも思った。

「ええっと、チエシャさん。」ぼくは声《こえ》をかけた。「ミュータンなら空《そら》を飛《と》びますよ。魔女《まじょ》ですから。すると、あっというまにここにやってくるかもしれませんね。」

「だから、なんだ?」

チエシャが首《くび》をかしげた。

「こうしてぼくたちがしばられているのは、ミュータンには、たすけられた感《かん》じに見えないのじゃありませんか。」

「チチッ、ほんとだ。見えないなあ。」

と、鳥《とり》かごのなかのチュータがうなずいた。

チエシャはぽんと自分《じぶん》のひざをうち、それから、いった。

「そのとおりだ。じつはいまおまえがそれをいうまえに、おれは気《き》がついていたぞ。おれたちはおまえたちをたすけたんだから、しばっているのはよくないのだ。おい、チカラモチ、牢《ろう》にはいっているやつらのなわをほどくんだ。」

「さすがチエシャだ。」

チカラモチはそういって、牢《ろう》のなかにはいろうとしたけれど、からだがつかえて、なかなかはいれない。チエシャがいった。

「格子《こうし》のあいだから、手《て》だけいれればいいのだ。」

「おお、さすがチエシャ。」

チカラモチは手だけ牢《ろう》にいれて、ぼくとウサキチのなわをほどいた。

とつぜんウサキチがぼくにささやいた。

「(豆《まめ》まきみたいだっていってた呪文《じゅもん》があったじゃないか。)」

ぼくは思《おも》いだした。ささやき声《ごえ》でウサキチにいった。

「(うちはそと、そとはうち、かい?)」

ウサキチもささやき声でこたえた。

「(それそれ、うちはそと、そとはうち。)」

ぼくたちがこそこそ話《はな》しているのを、チエシャはききとがめた。

「なんだ?」

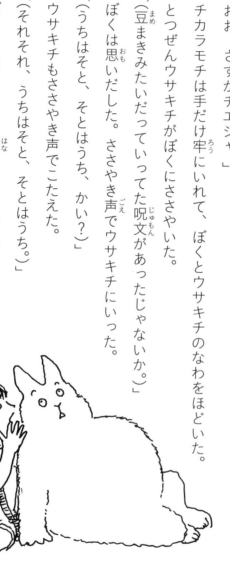

「いえ、なんでもありません。」

ぼくは首《くび》をふった。さけびネコにめいわくがかかるような気《き》がしたからだ。

「いや、なんでもあるぞ。」チエシャはぼくたちをのぞきこむようにちかづいた。「たしか、うちはそと、そとはうちといっていた。」

「あ、きかれてる。」

と、ウサキチがいい、

「なんでもないんです。」

と、ぼくがいった。

なんでもないといえばいうほど、チエシャにはうたがわしく思《おも》えるようだった。

12 うちはそと、そとはうち

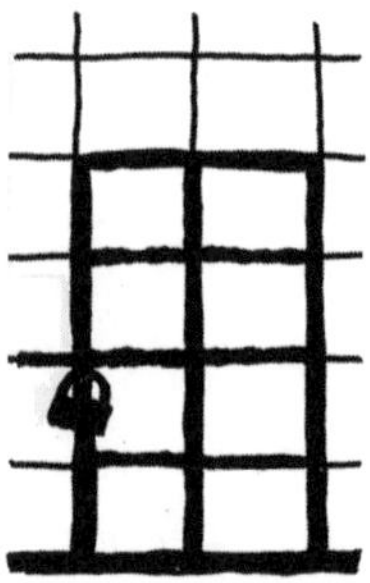

「いいや、なんでもある、なんでもある。」チエシャは腕《うで》をくんで考《かんが》えはじめた。「うちはそと、そとはうち……。うちはそと、そとはうち……。ウチはソト……？　ソトはウチ……？」

チエシャがぶつぶついっているのを見て、チカラモチも首《くび》をひねってつぶやいた。

「うちはそと、そとはうち？　ウチはソト？　ソトはウチ？」

チエシャはチカラモチをどなりつけた。

「やかましい！　気《き》がちるじゃないか！　考《かんが》えているのはおれだ。だまっておれに考えさせろ！」

チカラモチは考えるふりをやめた。

「うちはそと……、そとはうち……。」

つぶやきながらチエシャは、天井《てんじょう》を見ていた目《め》を牢《ろう》にうつすと、とつぜんなにか思《おも》いついたようだった。

「うちというのは、牢《ろう》のうちということだ！　つまり牢のうちが牢のそとということだ。しかしそりゃどういうことだ？　牢のうちは牢のうちだ。牢のそとは牢のそとだ……。それなのに牢のうちが牢のそとだだと？　となると、牢のそとは牢のうちということになる。牢のそとにいるのはおれたちだ。牢のうちにいるのはこいつらだ。」

そこまでつぶやいて、自分《じぶん》がつぶやいたことばに、自分でおどろいた。

「えぇぇぇぇ!?」

だまっていられず、チカラモチが口《くち》をはさんだ。

「するとなんですかい？　牢《ろう》のそとにいるおれたちが、牢のうちにいるってえことですかい？」

チエシャはチカラモチをどなりつけた。

「だまれ！　だまれ！　だまれといってるだろ！　気《き》がちる！　気がちる！　気がちるわい！　おれに考《かんが》えさせろ！　おれに！」

　チカラモチはだまって小さくなった。

チエシャは肩《かた》で息《いき》をしながら、ちょっとのあいだチカラモチをにらみつけ、それから気《き》をとりなおし、天井《てんじょう》を見て考えはじめた。

「ええとぉ、牢《ろう》のうちはぁ、こいつらでぇ、牢のぉ、そとはぁ、おれたちでぇ、そのおれたちがぁ、うちということはぁ……。」

　頭《あたま》がこんらんしているらしいチエシャに、ぼくは声《こえ》をかけた。

「あのう、もしもミュータンがここにやってきて、ぼくたちを見たら、牢《ろう》のうちにぼくたちがいて、牢のそとにチエシャさんたちがいるのを見ますね。これは、ぼくたちがたすけられたよ

うには、見えないんじゃないでしょうか。」

チエシャがさけんだ。

「わかった！　わかった！　わかったぞ！　いまおまえがいうまえにわかったのだ！　これではまるでおれたちがおまえたちをつかまえているように見えるのだ！　これはいかん！　これはいかん！　これはぎゃくにしなければいかん！　ぎゃくになっていれば、ミュータンには、おれたちがおまえたちをつかまえていないように見えるはずだ！」

「さすがチエシャ！　おれにはぜったい思《おも》いつけないなぞときだ。」

チカラモチがさけぶと、チエシャもさけんだ。

「いそげ！　ミュータンがくるまでに、牢《ろう》のなかに、おれたちがはいって、こいつたちを牢のそとにだすんだ。」

チエシャはいそいで牢の入《い》り口《ぐち》の鍵《かぎ》をあけ、自分《じぶん》がなかにはいり、ぼくをそとにおしだした。それからウサキチをそとにだそうとしたが、入り口につかえてうまくいかない。

「チカラモチ、そとからひっぱれ！

はやくしろ、ミュータンがくるぞ。」

チカラモチはそとからウサキチをひっぱりながら、

「ちょっとは、やせろよ。」

といった。もちろんウサキチは
「おまえさんにはいわれたくないね。」

といいかえした。

ウサキチがやっとそとへ出《で》ると、
こんどはチカラモチが牢《ろう》のなかにはいるばんだ。

ウサキチはそとからおしこんでやりながら、

「ちょっとは、やせろよ。」

といった。もちろんチカラモチは
「おまえさんにはいわれたくないね。」

と、いいかえした。

それでもようやくチカラモチが牢《ろう》のなかにはいると、いれかわるようにチエシャが牢から出《で》てきた。

「あぶないところだった」と、チエシャはいった。「おれたちが牢のうちにいれば、おまえたちはかんたんににげられるじゃないか。」

気《き》づかれたか、とぼくは思《おも》ったけれど顔《かお》にはださず、

「え？　そんなこと……。」

と、いってみた。チエシャはつづけた。

「そこで、おまえたちににげられないように、人質《ひとじち》という手《て》を思《おも》いついたぞ。」

そういって、まだしばられたままになっていたチュータを鳥《とり》かごから、なわのはしをもってぶらさげてとりだし、牢《ろう》のなかにもどった。

「『さすがチエシャ』っていわないの？」

ぼくがチカラモチにそういうと、

「あ？　ああ、さすがチエシャ！」

と、チカラモチはいった。ぼくはさらに、

「これでぼくたちはにげられないってことになったんだから、いいアイデアでしたね。うん、安心《あんしん》できますね。」

と、うなずいて、牢《ろう》の鍵《かぎ》をかけてあげた。

「鍵がかかっているほうが、いよいよぼくたちをつかまえていないように見えますよね。」

「もちろんだ。」チエシャはさけんだ。「いまおまえがいうよりまえに、鍵《かぎ》をかけてくれといおうと思《おも》ったところだったんだ。」

「さすがチエシャ！」

チカラモチがうなずいた。

ぼくはウサキチを見て、なんでもないことのようにたずねた。

「池《いけ》のボートをつないでいたロープって太《ふと》かったの？」

「ああ、かなり太かったよ。」

チエシャがききとがめた。

「おい、なんの話《はなし》をしているんだ？」

「チチッ、こんななわなら、あっというまに、かみ切《き》れるって話さ。」

とこたえたのは、なわをかみ切って、格子《こうし》のすきまから
そとに出《で》たチュータだった。

「あ！」

と、おどろいているチエシャとチカラモチをのこして、
ぼくたちは山賊《さんぞく》のすみかを出《で》た。

「だましたな！」

「あとでひどいぞ！」

うしろでチエシャとチカラモチの声《こえ》がした。

そとはもう夜《よる》で、霧《きり》がはれている。

「チ、チ、チ、こっちだ。」

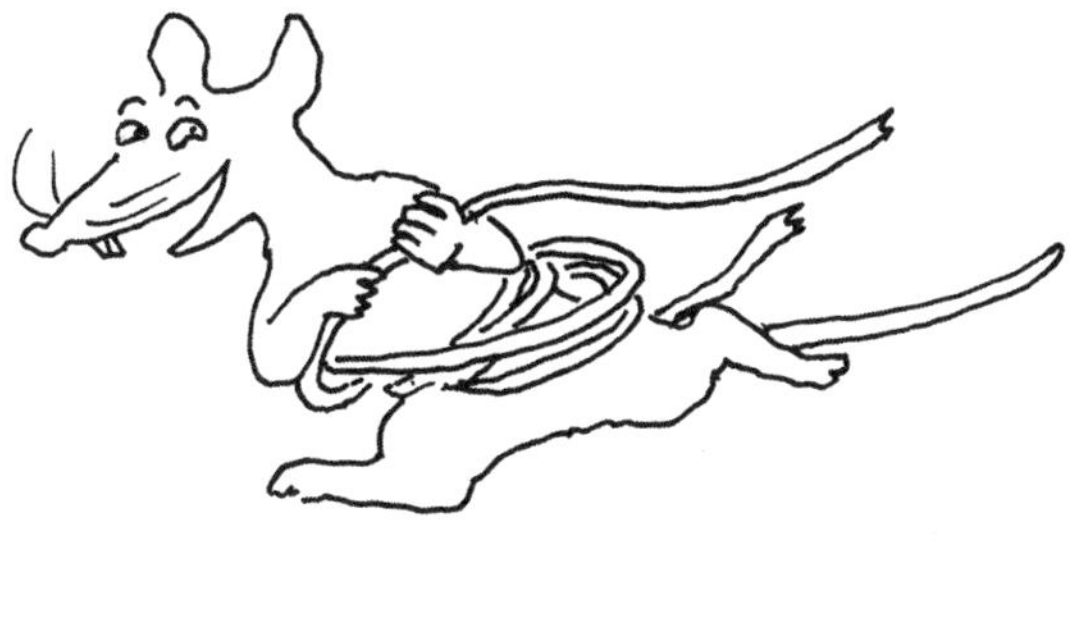

チュータが、むこう岸《ぎし》のほうの、のぼり道《みち》をゆびさした。暗《くら》い道の両《りょう》がわに、ヒカリゴケがてんてんとひかって、つづいている。

暗《くら》いところでも、わずかなあかりでまわりが見えるチュータが先頭《せんとう》で、声《こえ》をあげながら走《はし》ってくれた。その声をたよりに、ぼくとウサキチは夜《よる》の山道《やまみち》を、できるだけいそいでのぼる。

きゅうに目《め》の前《まえ》に星空《ほしぞら》がひろがって、岩山《いわやま》ののぼり道がおわった。とうげまできたのだ。

ちょうど、雲《くも》にかくれていた月《つき》が顔《かお》をだした。すこしかけている月だが、ずいぶん明《あか》るく見える。遠《とお》くのさいはて山《やま》も見える。

そのとき、うしろから声《こえ》がきこえた。

「まてぇ！」

山賊《さんぞく》のハヤアシだ。

「とうげをこすんだ！」

ぼくがさけんで、みんなはくだり坂《ざか》をかけおりた。ころびそうになりながら、草《くさ》がはえたひらたいところまで走《はし》り、そこでふりかえると、ちょうどハヤアシがとうげまでやってきて、急《きゅう》ブレーキでとまったところだった。月《つき》の光《ひかり》で、ハヤアシの足《あし》もとに砂《すな》ぼこりがたっているのが見える。

さけびネコがいったとおりだ。ハヤアシはとうげをこせないのだ。

とうげの上でハヤアシが肩《かた》で息《いき》をしている。やがてチエシャがおいついてきた。ハヤアシに鍵《かぎ》をあけてもらったらしい。

「おまえたち、だましたな！　魔女《まじょ》のミュータンは、おまえたちの保護者《ほごしゃ》じゃないといってるぞ！」

と、チエシャがさけんだ。

「あれ？　そうですか。おかしいなあ」と、ぼくはとぼけた。ついでにたずねた。「どうして、山賊《さんぞく》のみなさんは、とうげをこせないのですか？」

チエシャはハヤアシと顔《かお》を見あわせ、わらいだした。わらいながら、こういった。

「おれたちは、かしこいからな。このとうげからむこう、あのさいはて山《やま》までは、ずっとドラゴンのなわばりなんだよ。」

「（いま、なんて、いった？）」

ウサキチが目《め》をほそめてささやき声《ごえ》でつぶやいた。

「（チチッ、ドラゴンのなわばり、っていったような気《き》がするぞ。）」

と、チュータがささやき声でこたえた。ぼくにもそうきこえた。

チエシャがつづけている。

「食《く》われたくないから、おれたちは、そっちへいかないんだ。さあ、ドラゴンに食われたくなければ、こっちへこい。」

まちがいない。そういっている。

「ドラゴン！　きいてないなあ……。」

ウサキチが声《こえ》にだしてつぶやいた。

「ドラゴンはこわいぞ！　火《ひ》をふくぞ！　いつでももどってこい！　おれたちはドラゴンとちがって、おまえたちを食《た》べたりはしないからな。」

そこでようやくおいついたらしいチカラモチが「さすが、チエシャ」と、はあはあ息《いき》をきらしながらいうのがきこえた。

とうげの上でさけぶチエシャの声《こえ》に背《せ》をむけて、ぼくたちは草《くさ》や背《せ》の低《ひく》い木《き》がはえた坂《さか》を、ゆっくりおりていった。

13 ドラゴンのなわばり

やがて、月《つき》の光《ひかり》をあびて、大きな木《き》が一本《ぽん》立《た》っているところに出《で》た。木のかたちでわかる。エノキだ。その木にのぼって、ねむることにした。よくしげった葉《は》がすがたをかくしてくれるだろう。

木《き》のなかほど、枝《えだ》のまたになったところに、まずウサキチがねころんだ。ぼくとチュータは、ウサキチのおなかの上でねむることにさせてもらった。それは、とても気持《きも》ちいいベッドだった。

「ベッドがわりになってもらって、わるいな。」

「チ、すまないね。」

と、ぼくとチュータがいうと、

「ちっともわるくないよ。クッションのようなウサキチだから。」

と、ウサキチはこたえ、その声《こえ》でベッドがふるえた。

気《き》持《も》ちはよかったのだが、みんななかなかねつけない。きっとドラゴンのことを考《かんが》えているのだ。

きゅうに、ウサキチがつぶやいてベッドがふるえた。

「ドラゴンって、ほんとうに、ぼくたちを食《た》べるのかな。」

「チチッ、つかまらなきゃ、いいんだよ。」

と、チュータが、用意《ようい》していたようにいった。

「チュータ、きみはさけびネコが山賊《さんぞく》のことを話《はな》したときにも、そんなことを……」

と、小声《こごえ》でいいかけたことばをきり、ウサキチはもっと低《ひく》くした声でつづけた。「(なにか、ひびいてこないか?)」

チュータはしのび足《あし》で、ウサキチのおなかの上から、枝《えだ》づたいにしげみのはしまでいった。そして、すぐにもどってきて、ささやいた。

「(チ、ドラゴンがくる。)」

「（どれくらいの大きさ？）」ぼくはたずねた。

「（チチッ、とても大きい。）」チュータがこたえた。

「（声《こえ》をきかれないほうがいいんじゃないか？）」

ウサキチがおなかをふるわせた。


もうドラゴンの歩《ある》く地響《じひび》きがきこえる。エノキがその足音《あしおと》に全身《ぜんしん》の枝《えだ》と葉《は》をふるわせる。

ぼくたちはだまって、足音をきき、しげみのすきまから、そのすがたをみつけようと目《め》をこらした。月《つき》の光《ひかり》のなか、なにかがうごいている。葉のしげみでよくわからないが、とても大きいものがちかづいてくるのは、わかる。

「（チ、イッペー。）」

チュータが小さな声《こえ》でよびかけたのと同時《どうじ》に、

ウサキチが
「(しゃべっちゃいけない。)」

と、おなかをふるわせてささやいた。

そのあとすぐ、はじめてきく、低《ひく》く重《おも》い声《こえ》がまわりの空気全体《くうきぜんたい》にひびいた。

「いるだろう。」

その声にエノキのしげみがゆれる。ぼくは胸《むね》がどきんとした。すると耳《みみ》もとで
「(チ、チ、さけびネコは……。)」

とチュータの、息《いき》だけの声《こえ》がきこえた。ぼくはびくっとからだをずらせた。いつのまにそばにきたのか、チュータのひげがぼくの耳《みみ》にさわりそうだったのだ。ぼくがからだをずらせたぶんだけチュータはちかより、息だけの声でつづけた。

「(チ、コンペイトウがきかないのは……。)」

ぼくはぞわぞわっとした。もうからだはエノキの幹《みき》にひっついていて、これ以上《いじょう》ずらせるわけにはいかない。

「こちらから、きこえる。」

低《ひく》く重《おも》い声《こえ》が空気《くうき》としげみをゆらせ、ズシン、ズシンとひびく足音《あしおと》がちかづいてくる。ひと足ごとにエノキがゆれる。

「(チ、山賊《さんぞく》だけだといったよね……。)」

ぞわぞわぞわっとしながら、ぼくにはチュータがなにをいいたいのか、わかった。

――うん、わかった、その先《さき》はいわなくていい。だからこれ以上《いじょう》くすぐらないで。

と、不自由《ふじゆう》な体勢《たいせい》でうなずいたとき、すぐ近《ちか》くで、ドラゴンのひびく声。

「さっきの声《こえ》は、人間《にんげん》？　ウサギ？　ネズミ？」

声でそれがわかるんだ、とおどろいたすきをねらったように、チュータが、もっとちかづいて、

「(チチッ、じゃあ、ドラゴンにはきくんじゃないかなあ。)」

と、いわなくていいことをいい、ひげで耳《みみ》をくすぐった。

「うひょう！」

たまらず声《こえ》が出《で》てしまった。

すぐにエノキの葉《は》のしげみがかきわけられ、枝《えだ》がおれる音《おと》といっしょに、巨大《きょだい》な

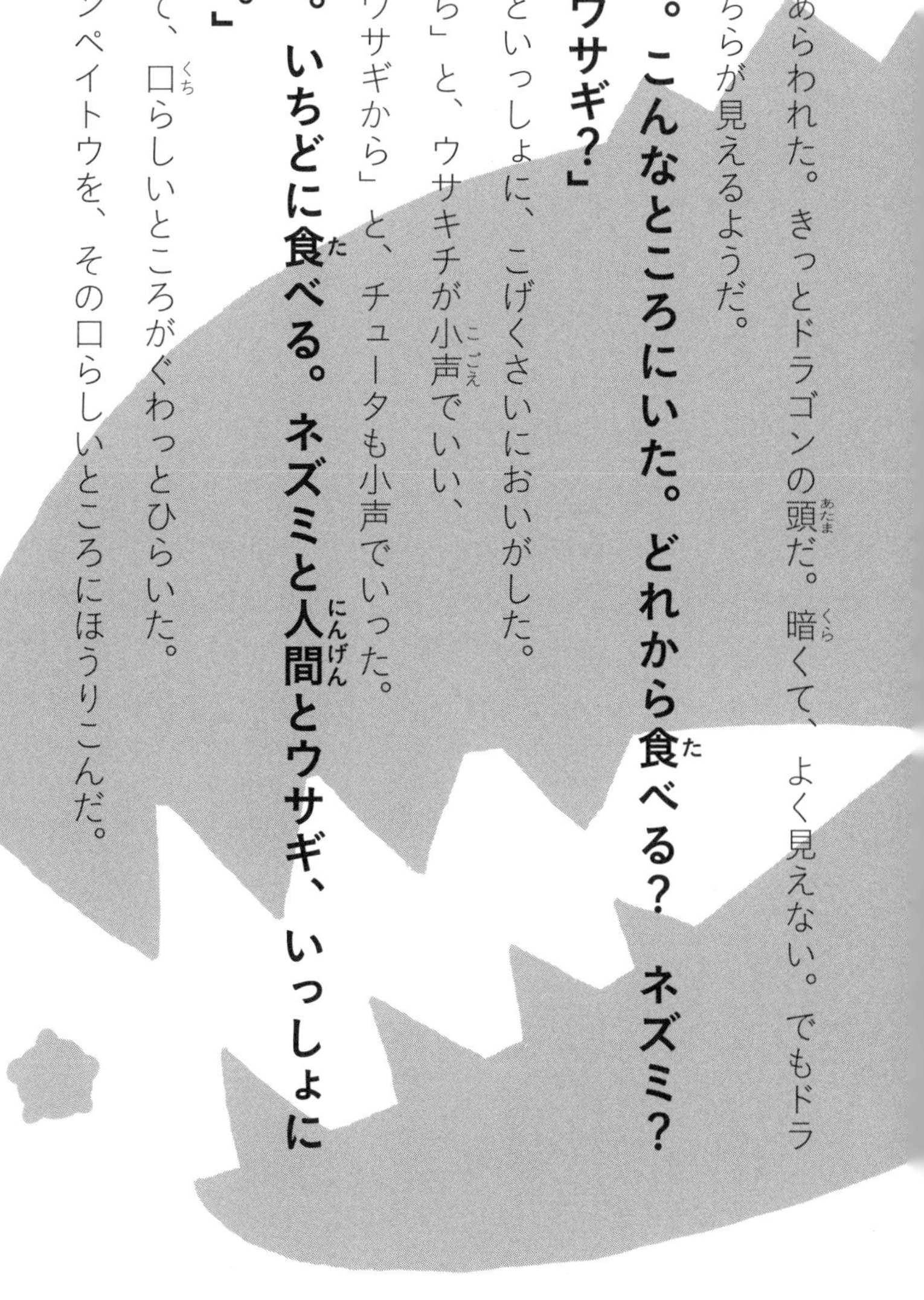

かたまりがあらわれた。きっとドラゴンの頭《あたま》だ。暗《くら》くて、よく見えない。でもドラゴンにはこちらが見えるようだ。

「ははあ。こんなところにいた。どれから食《た》べる？　ネズミ？　人間《にんげん》？　ウサギ？」

ひびく声《こえ》といっしょに、こげくさいにおいがした。

「ネズミから」と、ウサキチが小声《こごえ》でいい、

「チチッ、ウサギから」と、チュータも小声でいった。

「決《き》めた。いちどに食《た》べる。ネズミと人間《にんげん》とウサギ、いっしょに食べるぞ。」

そういって、口《くち》らしいところがぐわっとひらいた。

ぼくはコンペイトウを、その口らしいところにほうりこんだ。

「？」

ドラゴンは、きゅうにおとなしくなった。

目《め》の前《まえ》のぼくたちが目にはいらなくなったようなそぶりで、口《くち》をとじ、しばらく

あごをうごかしていたが、やがてエノキの葉《は》のしげみから頭《あたま》をひきぬいた。

――たすかった！

からだから、力《ちから》がぬけた。

ドラゴンの頭《あたま》がつっこまれていたところだけ、ぽっかりと穴《あな》があき、そとの月明《つきあ》かりの景色《けしき》が見える。

「うわ、でかい……。」

ウサキチとぼくがいっしょにいった。

「チ、チ、だろう？」

ほかのふたりより、すこしだけはやく見ただけなのに、チュータがいばっていった。

ドラゴンが、こんなに大きいものだとは思《おも》わなかった。ゾウぐらいはあった。せなかにたたまれているように見えるのはつばさだろう。でも、それで飛《と》べるとはとても思えない。それほど大きかったのだ。

巨大《きょだい》なドラゴンは、ズシン、ズシンと地響《じひび》きをたてながら、月《つき》の光《ひかり》のなか、背《せ》の低《ひく》い木《き》と草《くさ》のはえた坂《さか》をくだっていった。

「しかし、コンペイトウすごいな。ドラゴンにきくんだ。」

ウサキチがおなかをふるわせてつぶやいた。

それがわかって安心《あんしん》したぼくたちは、エノキの木《き》の枝《えだ》でぐっすりとねむった。


葉《は》のすきまからさしこむ朝日《あさひ》に目《め》がさめた。

エノキから地面《じめん》におりると、まわりには、ドラゴンの足《あし》あとがくっきりとのこっている。

「チチッ、食《た》べられるのもいやだけど、こんな重《おも》そうなやつにふみつけられるのもいやだなあ。一瞬《いっしゅん》でせんべいになる。」

と、チュータがいうと、ウサキチがつづけた。

「ドラゴンがせんべい好《ず》きでなければいいな。」

ぼくは、ふたりにたずねてみた。

「こんな足《あし》あとをつけるドラゴンが、飛《と》べると思《おも》う?」

「そりゃむりじゃないかな」と、ウサキチが首《くび》をふった。

ぼくもそう思《おも》った。けれどチュータだけは、こういった。
「チ、チ、チ、ドラゴンはとくべつな力《ちから》で飛《と》べると思《おも》うぞ。」

きょうのぶんの食事《しょくじ》をおえたあと、ぼくたちは坂《さか》をくだりはじめた。昨夜《さくや》とうげをこえてから、ずっと坂をくだっている。坂はかなり急《きゅう》だ。岩《いわ》が地面《じめん》からつきだし、木《き》が斜面《しゃめん》からねじれるようにのびあがっている。そんな木の幹《みき》や枝《えだ》につかまり、足《あし》をすべらせながら、ぼくたちはおりていった。

ドラゴンがあらわれたのは、太陽《たいよう》がまうえにきたころだ。陽《ひ》の光《ひかり》が、すっとかげった。

はっと見あげると、はるか上空《じょうくう》を巨大《きょだい》なものが羽《は》ばたいて飛《と》んでいる。からだのわりに、長《なが》くて大きいコウモリのようなつばさ……、ドラゴンだ。ドラゴンが飛んでいる。にげなければならない相手《あいて》なのに、大きなものが空《そら》を飛ぶすがたに、ぼくた

ちは思《おも》わず見《み》とれた。

やはり飛《と》べるのだ。

「チ、チッ、ぼくたちのこと、気《き》づいたかな?」

チュータがいったとたん、ドラゴンはこちらのほうへ首《くび》をむけて、大きく旋回《せんかい》した。

「いまのきみの声《こえ》がきこえたとしか、考《かんが》えられないな。」

と、ウサキチがチュータをゆびさしていったそのとたん、ドラゴンは正《ただ》しくこちらへ首《くび》をむけなおし、まっすぐむかってきた。

ぼくたちは顔《かお》を見あわせた。チュータがだまって、ウサキチをゆびさした。それからあわてて大きな木《き》の下にかくれた。

ドラゴンは頭《あたま》の上の木のこずえをかすめて飛《と》んだ。ワッサワッサと、つばさが風《かぜ》を切《き》る音《おと》がきこえ、すごい風がまきおこる。木の枝《えだ》がしなり、葉《は》や枝がちぎれて飛ぶ。葉や枝のゆれうごくすきまから、ドラゴンのからだが見えた。

「(チチッ、きのうのドラゴンじゃない。)」

チュータがささやき声《ごえ》でいい、

「(たしかに。)」

と、ウサキチがつづけた。

それはぼくも気《き》がついていた。きのうのドラゴンより、ずっと小さく、ウマぐらいの大きさだ。空《そら》を飛《と》んでいるときは高《たか》さがわからないから、大きさがはっきりしなかった。

ウマぐらいの大きさなら、つばさをたためば、このあたりの木《き》のすきまだって通《とお》れる、そう思《おも》ったとき、上のほうで土《つち》がくずれる音《おと》がした。幹《みき》のかげからそっとのぞくと、ドラゴンが着陸《ちゃくりく》している。

こちらへおりてくるつもりだ。斜面《しゃめん》で足《あし》がすべるのを、つばさをひろげてバランスをとろうとしているが、はえている木がじゃまをして、苦労《くろう》している。それでもすこしずつこちらにやってくる。

「(チチッ、にげたほうがいいんじゃないかなあ。)」

チュータがささやいた。ささやいたつもりだったけれど、ドラゴンがこちらのほうを見た。

「(きこえたとしか思《おも》えんぞ。)」

ウサキチがチュータをゆびさしながら、もっと小さい声《こえ》でささやくと、ドラゴンがはっきりこちらを見たので、チュータがウサキチをゆびさした。やたら耳《みみ》がいいらしい。ぼくたちはかけだした。

ドラゴンは、足《あし》をすべらせ、つばさをひろげたりとじたりしながら、音《おと》をたてておいかけてくる。

足《あし》もとは、はりめぐらされた木《き》の根《ね》や、つる、岩《いわ》、砂利《じゃり》とさまざまで、それが斜《しゃ》面《めん》になっている。足をとられるのはドラゴンだけではない。チュータはこんなところも平気《へいき》だが、ぼくもウサキチも斜面をころがりおちた。ころがっては、なにかにぶつかってとまる。たおれた大きな木の下をくぐり、クマザサをかきわけ、ひっしでにげる。はずむ息《いき》。胸《むね》が苦《くる》しい。

ウサキチが大きな木《き》の幹《みき》にぶつかるようにとまり、そのまま木に両手《りょうて》をついて、とぎれとぎれにいった。

「(も、もう、走《はし》れ、ない……。)」

ぼくもおなじ気分《きぶん》だった。このままにげつづけても、いつかはおいつかれるだろう。ほかに方法《ほうほう》はないかと、まわりを見まわした。

すると、大きな岩《いわ》が目《め》についた。岩の下のほうに、大きくえぐれたくぼみがある。そこにかくれることができそうだ。

さいわい、うしろのドラゴンがてまどっている。ぼくは肩《かた》で息《いき》をしながらそこをゆびさして、ウサキチとチューータの顔《かお》を見た。

ウサキチとチューータも、息をはずませながら、声《こえ》をださずにうなずいた。

ぼくとウサキチはくぼみのなかにからだをおしこみ、チューータはぼくの肩《かた》にかけあがった。そこではずむ息《いき》をおさえていた。やがて、石《いし》をけちらす音《おと》をたてながら、ドラゴンがやってきた。

ぼくは、なれない姿勢《しせい》でしゃがんでいるので、足《あし》がしびれていた。ちょっと足をのばしてみたいという気持《きも》ちがふくれあがっていた。ウサキチもおなじ気分《きぶん》だったのだ。ウサキチがほんのすこしだけうごかした足が石《いし》ころをころがした。

カラ、カラン、と音《おと》がした。

それがちょうど、ドラゴンが通《とお》りすぎようとしていたときだった。

ドラゴンはゆっくりふりむいた。ぼくたちはうごけなかった。

「かくれているつもりか？」

ドラゴンがいった。きのうのドラゴンほどではないがひびく声《こえ》だ。一歩《いっぽ》、二歩《にほ》とこちらにやってくる。くぼみのなかだから、にげられない。

「ご、ごめん」と、ウサキチがいい、

「チチッ、火《ひ》をふいてぼくたちをやきころすつもりだ。」

と、チュータがいった。

「そうしてやろうか！」

ドラゴンは、かっと口《くち》をあけた。

同時《どうじ》にぼくは、コンペイトウをその口になげこんでいた。

「!」

ドラゴンはおどろいたように口《くち》をとじ、あごをもぐもぐうごかし、おだやかな顔《かお》になり、むこうをむいて、斜面《しゃめん》をおりていった。

ぼくたちは大きく息《いき》をついた。火《ひ》をふかれていたらたいへんだった。

ウマほどのドラゴンは、ひらけたところまでいくとつばさをひろげ、空《そら》にふわりと浮《う》きあがり、ゆうゆうと飛《と》んでいった。

「コンペイトウ、きくなあ」とウサキチがいうと、

「チ、イッペーは、コンペイトウをなげるの、うまいなあ」とチュータがいい、

「チュータがドラゴンの口《くち》をひらかせてくれたおかげだよ」とぼくがいった。

その日《ひ》は暗《くら》くなるまで山《やま》をくだって、大きな木《き》のうろをみつけ、そこでねむることにした。

14 最高《さいこう》のそり

ぼくたちが目《め》をさますと、あたり一面《いちめん》、雪景色《ゆきげしき》だった。夜《よる》のあいだに大雪《おおゆき》がふったらしい。寒《さむ》いはずだ。

けれど、ふるえながらコンペイトウとお茶《ちゃ》の食事《しょくじ》をすませると、

「チチッ?」と、チューダが首《くび》をかしげ、

「おや?」と、ウサキチが背《せ》すじをのばし、

「うん」と、ぼくもうなずいた。

ふしぎなことに、からだがぽかぽかしてきたのだ。

「コンペイトウ、きくなあ。」

と、ウサキチがきのうとおなじ感想《かんそう》をいった。

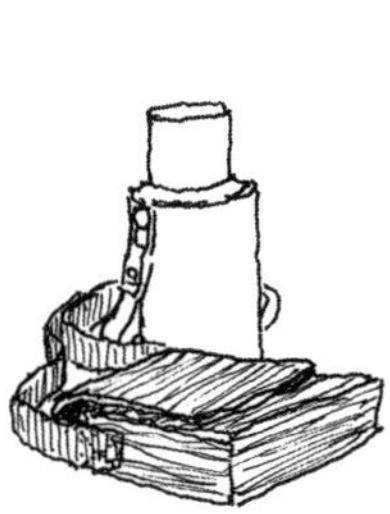

ぼくたちは雪野原《ゆきのはら》に出《で》ていった。歩《ある》きにくい。

「そりがあったら」とまわりを見まわしたが、もちろんない。「ずうっとくだり坂《ざか》だから、らくにいけるのに。」

ぼくがそういったすぐあとに、

「あ！」

と、声《こえ》をあげて、ウサキチがころんだ。雪《ゆき》にうもれた木《き》の根《ね》かなにかに足《あし》をとられたのだ。ころんだいきおいでウサキチは、腹《はら》ばいのまま雪の上をすべりはじめた。

すべりはじめると、

「ヒャッホー！」

と、ごきげんな声《こえ》をあげ、十メートルほどむこうで、手《て》と足《あし》をブレーキにしてとまった。

チュータがぼくの肩《かた》にかけあがった。

「(チチッ、イッペー！　どうやら、そりがみつかったね。)」

耳《みみ》もとをひげでさわりながらささやいたものだから、

「うひょう！」

と、ぼくは声《こえ》をあげた。

　ウサキチのそりはすてきだった。なによりも、乗《の》りごこちがいい。クッションの上に乗っているようなものだ。

　ずっとなだらかな雪《ゆき》の坂《さか》だ。ところどころに立《た》っている枯《か》れ木《き》にぶつからないように、ウサキチは手《て》と足《あし》でかじをきる。右《みぎ》にまがりたいときは右手と右足を、左《ひだり》にまがりたいときは左手と左足を雪につけて、かるくブレーキをかける。それで自由《じゆう》にかじがきれた。

　けっこうスピードが出《で》る。

　歩《ある》けばずいぶん時間《じかん》がかかるだろうという距離《きょり》を、ウサキチのそりはすべり、見通《みとお》しのきく雪原《せつげん》の斜面《しゃめん》に出《で》た。はるか前方《ぜんぽう》に、さいはて山《やま》がそそりたっている。

そのずっと手前《てまえ》に黒《くろ》い線《せん》が見えた。

「前《まえ》のほうに見える黒いものはなんだろう？」

と、ぼくがいうのと同時《どうじ》に、

「チチッ、右《みぎ》のほうから飛《と》んでくるのはなんだろう？」

と、チュータがいった。

チュータが前《まえ》を見て
「チッ、前は行《い》き止《ど》まり！　崖《がけ》だ！」

といい、ぼくが右《みぎ》を見て
「右はドラゴンだ！」

といったのが、また同時《どうじ》だった。

崖《がけ》もドラゴンも、みるみるせまってくる。

「イッペー！　どうする？」

ウサキチがさけぶ。ぼくは崖とドラゴンを見くらべながら、さけびかえした。

「チュータ、ふりおとされないように、しがみついて。ウサキチ、右《みぎ》にまがって！」

ウサキチがきゅうに右にまがったぶんだけブレーキがかかり、ドラゴンはすぐ前《まえ》をすごいつばさの音《おと》をたてて、ゆきすぎた。チュータとぼくは、ふりおとされないようにひっしでウサキチにしがみつく。

「こんどは左《ひだり》！　崖《がけ》にむかおう！」

ぼくがさけぶと、ウサキチは進路《しんろ》をもどした。

「チッ、小さい！　きのうのドラゴンよりも、チ、小さい！」

と、チュータがさけぶ。ぼくもそう思《おも》った。大きく旋回《せんかい》して、ふたたびこちらに飛《と》んでくるドラゴンは、シェパードくらいの大きさだ。

「チ、いったい、何頭《なんとう》のドラゴンがいるんだ？」

チュータがさけぶ。

「ウサキチ、左《ひだり》にまがって！」

ウサキチが左手《て》と左足《あし》でブレーキをかけてまがる。ウサキチのせなかに身《み》をふせるぼくのすぐ前《まえ》を、前足で空中《くうちゅう》をひっかいて、ドラゴンが飛《と》びすぎる。あの爪《つめ》にひっかかるとぶじではすまないだろう。

「ウサキチ、前の崖《がけ》に穴《あな》があるのが見える？」

ぼくがさけぶ。

「どこ？」ウサキチがさけびかえす。

「右《みぎ》にまがって！」

ドラゴンをやりすごす。そのあとすぐ、

「左《ひだり》にまがって！」と、さけぶ。「そう。いまの正面《しょうめん》、枯《か》れ木《き》が山《やま》になっている、その奥《おく》に、穴《あな》が見える？」

「見える！」

ウサキチもさけびかえす。

「あそこにすべりこもう！」

ウサキチが右《みぎ》に左《ひだり》にカーブをきって、穴《あな》の入《い》り口《ぐち》にすべりこむのといっしょにドラゴンもすぐそこにまいおりた。

「おとなしく、やられてしまえ！」

ドラゴンがほえるようにいった。シェパードほどのドラゴンは、うごきがすばやい。

「どうしてきみは、ぼくたちをやっつけたいんだ？」

ぼくは、ぼくたちとドラゴンのあいだに枯《か》れ木《き》があるように移動《いどう》しながら、いった。

「ドラゴンというものは、そうすると決《き》まっているのだ！」

といって、ドラゴンは息《いき》を吸《す》いこむと、とつぜん火《ひ》をはいた。

やっぱりほんとうに火《ひ》がはけるのだ。バアァッと枯《か》れ木《き》に火がついた。

ドラゴンは燃《も》える枯れ木のこちらに、さっとまわりこんだ。にげようとしたチュータが足《あし》をすべらせ、しりもちをつく。ドラゴンと顔《かお》をつきあわせるようにむかいあってしまった。ドラゴンはチューターめがけて火をはこうと、大きく口《くち》をあける。その口のなかに、ぼくはコンペイトウをなげこんだ。

「?」

シェパードくらいのドラゴンは、きゅうにおだやかな顔《かお》になり、口《くち》をもぐもぐさせ、くるりとむこうをむいた。そして雪野原《ゆきのはら》をスキップでもふむような足取《あしど》りでしばらく歩《ある》き、つばさをひろげると、右《みぎ》へ左《ひだり》へカーブしながら飛《と》んでいってしまった。

「あぶなかったな、チューター」と、ウサキチがいうと、

「チ、チ、だめかと思《おも》った……」と、チューターがつぶやいた。

「しかし、コンペイトウ、無敵《むてき》だな」と、ウサキチが感心《かんしん》し、

「イッペー、なげるのじょうずだな」と、チューターが感心した。ぼくはこういうのは、わりととくいなのだ。

枯《か》れ木《き》がたき火《び》のように燃《も》えている。

ふう、とウサキチが大きく息《いき》をついた。

「ぼくはすっかりおなかがつめたくなったから、しばらく火《ひ》にあたらせてもらおうっと。」

「ああ、ウサキチ、ありがとう。すばらしいそりだったね。」

ぼくがウサキチの肩《かた》をたたくと、

「チチッ、乗《の》りごこちも、運転《うんてん》も、最高《さいこう》だった。」

チュータもウサキチをほめた。

「そうかなあ、ぼく、すばらしいそりだったかなあ。ほんとうに？」

と、ウサキチはいった。

「すばらしかった。」

「チチッ、最高《さいこう》だった。」

ふたりはもういちどほめた。ウサキチはさらに
「そうかなあ。」

と、いったけれど、ふたりは笑顔《えがお》をかえすだけだったので、ウサキチはおなかをあたためながら、自分《じぶん》で
「そうか、最高《さいこう》のそりか。」

といって、うなずいた。

「チチチ、その、ドラゴンが出《で》てきたとたんに、コンペイトウを口《くち》のなかにほうりこむってわけにはいかないものかなあ。」

チュータがつぶやくようにいった。

「できれば、ね」と、ぼくはチュータを見た。

ぼくもそうしたいのだが、ドラゴンのほうがなかなかそうはさせてくれないのだ。

「チ、この穴《あな》、どこかへつづいているのかな。」

チュータが話《はなし》をかえるようにふりむいて、穴のほうを見た。ぼくもあらためて穴のなかをのぞきこんだ。まっ暗《くら》で、どこまでつづいているのかわからない。けれど

ぼくはこういった。

「これはきっとトンネルだと思《おも》う。どこかへ出《で》るんじゃないかな。」

「チチッ？」

たずねるチュータに説明《せつめい》した。

「奥《おく》から、風《かぜ》がふいてくるだろ？　崖《がけ》のむこうのどこかにつながっているから、風がやってくるんだと思《おも》うよ。」

「よし、じゃあ、トンネルのなかをすすもうじゃないか。さいはて山《やま》はその方向《ほうこう》だから、近道《ちかみち》になる。」

ウサキチがじゅうぶんにあたたまったおなかをなでながらいうと、チュータがトンネルの奥《おく》をのぞきこんだ。

「チチッ、まっ暗《くら》だよ。」

「ぼくたちには、たいまつがある。」

と、ぼくとウサキチは声《こえ》をそろえた。

ぼくたちはそれぞれ、燃《も》えていない枯《か》れ木《き》の山《やま》から、予備《よび》の枝《えだ》をかかえられるだけとり、燃えている枯れ木の山から一本《ぼん》ずつ、最初《さいしょ》のたいまつをとった。

たいまつが消《き》えそうになると、予備の枝に火《ひ》をうつしながら、すすむのだ。

歩《ある》きだしてすぐ、チュータのたいまつは、すべておわった。細《ほそ》く短《みじか》い枝《えだ》しかもてないのだからしかたがない。

ウサキチとぼくのたいまつが、三人《にん》のかげを地面《じめん》や岩《いわ》のかべにおとした。かげはきみょうにのびたりちぢんだりしてついてくる。

トンネルは、ずうっとつづいていた。

「チチッ、もしもだね。」チュータの声《こえ》が岩《いわ》のかべにひびく。「どこかへ出《で》るまえに予備《よび》の枝《えだ》もつかいきって、火《ひ》が消《き》えたらどうする？」

ウサキチがこたえる。

「そうなれば、手《て》さぐりですすむんだよ。」

「チチチッ、もしもだね、手さぐりで、のばした手が、ぐにゃっとしたものにさわったら、どうする？」

ウサキチは、それには返事《へんじ》をせずに、はぐらかす。

「ぼくなら、ねちょっとしたものにさわるほうがいやだな。」

ぼくも参加《さんか》した。

「じゅるっとしたものもいやだなあ。」

ウサキチがふきだすと、ぼくもチュータもわらいだし、わらいだすととまらなくなって、大笑《おおわら》いになり、三人《にん》のわらい声《ごえ》がトンネルにひびいた。

どこまでつづくかわからないトンネルのなかを歩《ある》いているから、不安《ふあん》なはずなのに、わらいながらぼくたちは歩いた。

ありがたいことに、ぼくとウサキチが二本目《ほんめ》のたいまつをもっているとき、トンネルはおわった。

いつのまにか夜《よる》になっていた。空気《くうき》がつめたくなり、星空《ほしぞら》がひろがっている。

あたたかいトンネルのなかにすこしもどって、のこりの枝《えだ》をたき火《び》にし、ねむることにした。

15　だからこまっているのだ

朝《あさ》になって、トンネルの前《まえ》にひろがっていたのが、こおりついた川《かわ》だとわかったとき、ぼくたちは声《こえ》をあげた。

「わあ！」

「チチチ！」

こおりついた川なんて、はじめて見る。

とにかく食事《しょくじ》でからだをあたためた。

川《かわ》のむこうにさいはて山《やま》が見える。

「この氷《こおり》の上をわたっていくんだね。」

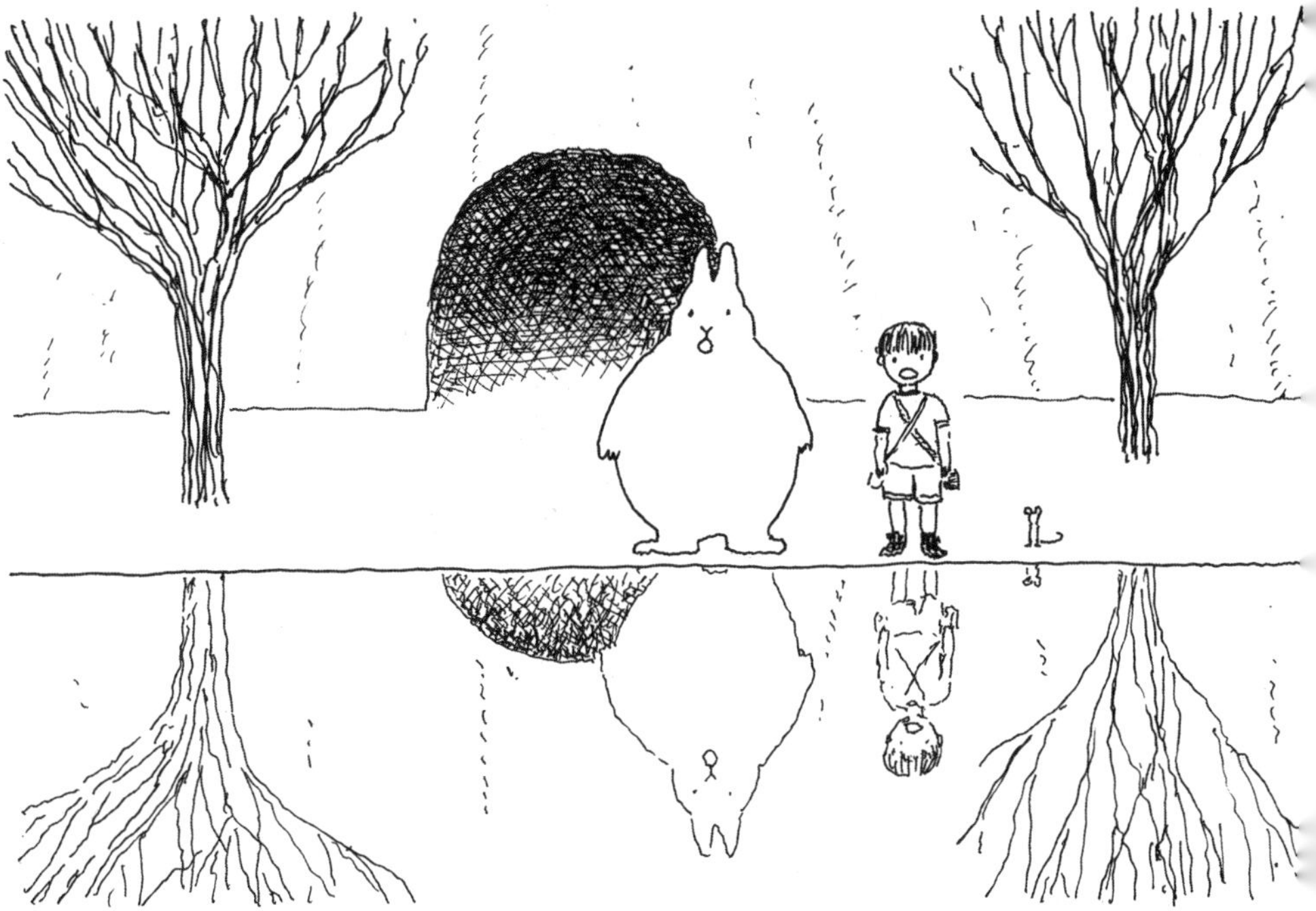

と、ぼくがつぶやくと、

「チチッ、そりだな。」

と、チュータがいって、ぼくもうなずいた。

「最高《さいこう》のね。」

ぼくとチュータはウサキチを見た。

「わるいけど、たのめるかなあ?」と、ぼくがいうと、

「ウサギづかいのあらいやつらだな。」

と、ウサキチがいったが、いやがっているようには見えなかった。


こんなにすきとおった氷《こおり》を見るのは、はじめてだ。ガラス板《いた》のようだ。その下を、ときどきちぎれた水草《みずくさ》がゆっくり流《なが》れていく。それで、氷の下を水が流れているとわかる。

雪《ゆき》の斜面《しゃめん》のそりなら、ウサキチはおなかを雪《ゆき》につけていればすべっていった。ところがたいらな氷《こおり》の上では、じっとしていてもすすまない。氷をうしろにかかなけ

ればならない。

「へえ、ウサキチ、爪《つめ》があるんだ。」

と、ぼくは感心《かんしん》した。つるつるの氷《こおり》に爪がくいこみ、ひとかきすると、びっくりするくらいすすむ。

はじめのうちは、すきとおった氷《こおり》の下に、小石《こいし》が見えた。ウサキチがすすむと、それがうしろに流《なが》れ去《さ》る。だんだん流れが深《ふか》くなっていくと、水《みず》の色《いろ》が青緑色《あおみどりいろ》にかわっていく。

「あ、サカナ！」

ウサキチが小声《こごえ》でいった。チュータくらいの大きさのサカナが、むれになっておよいでいた。

「こんどは、大きい！」

大きなサカナがぼくたちのすぐ横《よこ》を、おなじスピードでおなじむきに、およいでいる。

大きなコイというより、キツネぐらいの、と思《おも》ったとき、ぼくはとつぜん気《き》づいて、さけんだ。

「これは、サカナじゃない。ドラゴンだ！」

つばさをぴったりとからだにつけ、しっぽをくねらせてすすんでいる。

とつぜんドラゴンはスピードをあげ、どこかへいってしまった。

「とにかく、はやくむこう岸《ぎし》へわたろう。」

ぼくがいって、ウサキチが「おう！」とこたえた。

「チチッ、毎日《まいにち》、まえの日《ひ》よりも小さいドラゴンが出《で》てくるような気《き》がするなあ。」

チュータのことばに、ほんとにそうだと思《おも》った。

もうすこしで川《かわ》をわたりきるというところで、前方《ぜんぽう》の氷《こおり》の上に火柱《ひばしら》が立《た》った。

「わわっ、なんだ？」

ウサキチがあわてて、ブレーキをかけた。うまくとまらず、火柱のぎりぎり近《ちか》くまですすんでしまった。

火柱《ひばしら》が消《き》えると、氷《こおり》には穴《あな》があいていた。その穴から、ドラゴンが上半身《じょうはんしん》だけだ

し、肩《かた》で息《いき》をした。どうやら、ドラゴンが火《ひ》をはき、氷《こおり》をとかして出《で》てきたようだ。

「息《いき》が、つづかないかと、思《おも》ったぜ。」

キツネほどのドラゴンがいった。からだの小さいドラゴンだから、とくべつひびくとは思えない声《こえ》だ。

ドラゴンはひと息《いき》つくと、ぼくたちにむかって、口《くち》を大きくあけた。火《ひ》をはくのだ。

すかさず、コンペイトウをその口になげこんだ。

「!」

ドラゴンは満足《まんぞく》そうに口《くち》をとじ、うっとりあごをうごかすと、氷《こおり》からすっかりはいだした。それから、からだをぶるっとふって水《みず》をきり、つばさをひろげ、青《あお》い空《そら》に飛《と》びたった。

「あしたは、イタチくらいのドラゴンが出《で》てくるんじゃないかなあ。」

と、ウサキチがいった。


むこう岸《ぎし》がもうすぐだった。ウサキチはさいごの力《ちから》をふりしぼって氷《こおり》をかき、そりの役目《やくめ》をおえた。

「ありがとう。」

「チ、チ、チ、チッ、最高《さいこう》のそりだった。」

ぼくとチュータは、ウサキチをほめたたえた。

こちらがわの岸《きし》の地面《じめん》は、雪《ゆき》におおわれてはいない。すこし坂《さか》をのぼると、あおあおと草《くさ》のしげった野原《のはら》に出《で》た。白《しろ》い花《はな》もあちこちにさいている。まるで冬《ふゆ》から春《はる》になったような気《き》がする。

「ぼくはここでひとやすみさせてもらってもいいような気がするなあ。」

ウサキチのことばに、ぼくとチュータはもっともだとうなずいた。ウサキチはごろんところがり、おなかを陽《ひ》の光《ひかり》にあてた。

ぼくとチュータは、ウサキチのおなかを、はやくあたたかくなるように、なでてあげた。ウサキチは気持《きも》ちよさそうだった。

「チ、チ、ウサキチが、あすはイタチくらいのドラゴンが出《で》てくるんじゃないかって、いっていたよねえ。そのことだけどね。」

と、チュータが考《かんが》え、考え、いった。

「チ、きのう、ドラゴンと顔《かお》を見あわせるみたいになっただろ？」

「ああ、火《ひ》ネズミになりそうだった。」ウサキチが口《くち》をはさんだ。

「チ、そうそう、あのとき、このドラゴン、右《みぎ》のほうの目《め》の下にほくろがあるなあって思《おも》ったんだよ。ドラゴンにすれば左《ひだり》の目だけどさ。」

「それが？」ウサキチがせかす。

「チ、きょうのドラゴンにも、右のほうの目の下にほくろがあったんだ。ドラゴンにすれば左の目だけどね。」

ぼくには、チュータがいおうとしていることがわかった。

「チュータ、きみは、おなじドラゴンがだんだん小さくなってあらわれているんじゃないかって思《おも》うんだね？」

「チチッ。」

チュータは、ぼくを見てうなずいた。

「こういうふうには考《かんが》えられないかね？」と、ウサキチがいった。「ドラゴンというものは、かならず右《みぎ》のほうの目《め》の下にほくろがあるものだって。ドラゴンにすれば左《ひだり》の目だけどさ。」

ぼくはウサキチの意見《いけん》は採用《さいよう》せず、首《くび》をかしげた。

「もしもおなじドラゴンなら、いったいどういうわけで小さくなるんだろう。」

「チチッ、お月《つき》さまとおなじじゃないかな。」

と、チュータがいった。

「なるほど」と、さっきの意見《いけん》はわすれてウサキチはすぐに納得《なっとく》した。「じゃあ、小さくなって、小さくなって、いったんなくなって、それからまたでかくなっていくというんだな？」

チュータはすこし考《かんが》えて、肩《かた》をすくめた。

「チ、なくなるというのは、どうだろう。」
「その、いったんなくなったときに、あいたいもんだね。」
と、ウサキチはいった。

そこから先《さき》はゆるやかなのぼり道《みち》だった。
日《ひ》がくれるころ、目《め》の前《まえ》にまた大きな崖《がけ》があらわれた。きのうの崖とおなじように、どこまでも左右《さゆう》につづいているが、ずっと高《たか》さがある。そこに葉《は》の大きい植物《しょくぶつ》がはえていて、それをぬうように、太《ふと》いつるがいりくんでのぼっている。この先《さき》は、つるをのぼっていくことになりそうで、その日はそこでねむることにした。

つぎの日《ひ》、ぼくたちは食事《しょくじ》をすませると、元気《げんき》いっぱいで、つるをのぼりはじめた。

「なんだか、ジャックになったような気分《きぶん》だなあ。」

ということばが、ぼくの口《くち》から出《で》た。

「ジャックって？」

ウサキチとチュータが声《こえ》をそろえてたずねた。

「『ジャックと豆《まめ》の木《き》』のジャック。そういうお話《はなし》、知《し》らない？」

ふたりとも知らないという。

「とても高《たか》いところまでとどいている豆《まめ》の木《き》のつるをのぼっていって、巨人《きょじん》の家《いえ》から宝物《たからもの》をぬすみだすお話《はなし》。」

それをきいてウサキチはこういった。

「ひどいやつだな、ジャック。」

チュータの意見《いけん》は
「チッ、チッ、気《き》のどくだな、巨人《きょじん》。」

だった。いわれてみればそのとおりで、ぼくは、そのあと巨人がどうなるか、話《はな》す

のはやめた。

「あ、ドラゴン。」

と、ウサキチが遠《とお》くを見ていった。

「よく見わけられるなあ。」

ぼくが感心《かんしん》すると、ウサキチは
「毎日《まいにち》きかされておぼえたんだ。ドラゴンというものの羽《は》ばたきの音《おと》をね。」

と、こたえた。

ぼくにはなにもきこえなかった。ウサキチはよくきこえる耳《みみ》をもっているのだ。

ドラゴンは、ウサキチがいったとおり、イタチほどの大きさだった。つばさはけっこう大きくてカラスぐらいはある。

ドラゴンがつるにとまったのがチュータの目《め》の前《まえ》だった。チュータは半分《はんぶん》にげだすかまえで話《はな》しかけた。

「チチッ、ねえ、きのうもきみだったのかい?」

「そうだ。それがどうかしたか?」

やっぱりおなじドラゴンだったのだ。口《くち》のききかたにはつりあわない、かわいい声だ。

「チッ、ねえ、きみ、ドラゴンは、きみのほかにもいるのだろうか?」

「いない。おれさまひとりだ。それがどうした?」

チュータはすぐにつぎの質問《しつもん》をした。火《ひ》をはくひまをあたえないようにしているらしい。

「チ、チ、チ、それで、さみしくないのかい?」

「さみしくない。」

「チ、きみは、毎日《まいにち》、小さくなっていくようだけど、どうして小さくなれるのだろう?」

「小さくなれるのじゃない。小さくなってしまうのだ。」

「チチッ、きみ、小さくなりたいのかな?」

「なりたいわけじゃない。」

「チ、じゃあ、どうして、小さくなるんだろう?」

「知《し》るものか。」

「チ、チ、いままでにも、小さくなったことがあるのかい？」

「ない。」

「チチチ、その小さくなっているあいだ、いままでとなにかちがうことをしている？」

「コンペイトウを食《た》べているのだ。」

そこのところをドラゴンはうれしそうにいった。

「チチチ、その、コンペイトウのせいで小さくなっている？」

「そうだろうと思《おも》うが、そう思いたくはない。」

「チチ、きみ、コンペイトウが好《す》きなのかい？」

「好きだ。だからこまっているのだ。」

「チチ、このままコンペイトウを食《た》べつづけたら、なくなってしまわないかな。」

「そんなことをいって、おれにコンペイトウをくれない気《き》だな。」

「チチチ、そんなことはいってないよ。」

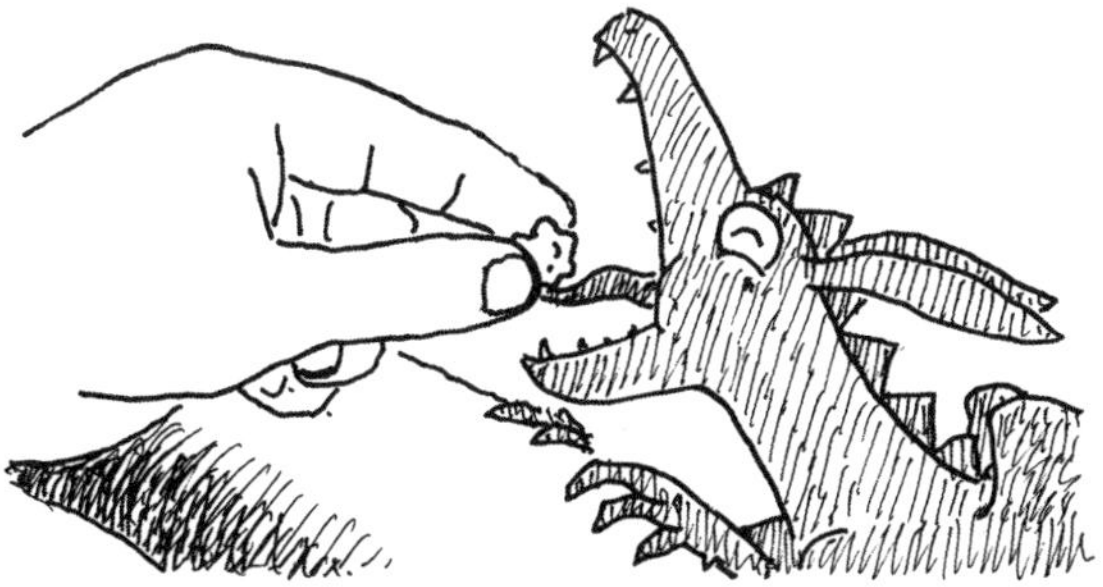

「コンペイトウをくれないなら、火《ひ》をはいて、つるをぜんぶ燃《も》やしてしまうぞ。」

ドラゴンはそういって、口《くち》を大きくあけた。大きくといっても、イタチの口だ。とはいえ、つるを燃《も》やすぐらいのことはできるのだろう。

そのドラゴンの口に、ぼくはコンペイトウをいれてやった。

「!」

イタチくらいのドラゴンは、しあわせそうな顔《かお》でコンペイトウをあじわった。


その日《ひ》は、のぼってものぼっても、つるはおわらなかった。

夕陽《ゆうひ》が空《そら》をオレンジ色《いろ》にそめている。

ぼくたちはつかれきっていた。一日《いちにち》じゅう、つるをのぼっていたのだ。腕《うで》と足《あし》だけでなく、からだじゅうがいたい。

つるのとちゅうに、ハンモックのようになっているところをみつけたので、そこをねぐらにすることにした。

16 ごほうびみたいな森《もり》

　そんなにつかれていたのに、つぎの日《ひ》の朝《あさ》、ひとつぶのコンペイトウとひとしずくのお茶《ちゃ》を口《くち》にすると、また元気《げんき》いっぱいになるのがふしぎだった。

　そこから一時間《じかん》ほどのぼると、崖《がけ》の上に出《で》た。いままでのぼってきた何本《なんぼん》もの長《なが》いつるがひとつにまとまって、それが幹《みき》になり、巨大《きょだい》な木《き》がそびえている。すばらしいながめだ。

「やっぱり、豆《まめ》の木《き》だったんだな。」

と、ウサキチがいった。

　葉《は》のかげに巨大《きょだい》な豆《まめ》の実《み》がいくつか見えている。木の下にはウサキチがバスタブにできるくらいの巨大な豆のさやが、実や枝《えだ》といっしょに落《お》ちていた。

大きな豆《まめ》の木《き》をあとにして、ぼくたちはゆるやかな坂《さか》をくだっていった。

すると、水辺《みずべ》に出《で》た。

湿地帯《しっちたい》、というのだろうか。水は流《なが》れていないように見える。あちこちに草《くさ》や細《ほそ》い木のはえた島《しま》があるけれど、ずうっと水だ。深《ふか》くはないようだ。右《みぎ》を見ても左《ひだり》を見ても、むこう岸《ぎし》まで橋《はし》のようなものはない。

「チチッ、ぼくのボートがあればなあ。」

と、チュータがつぶやいた。ボート、ときいたとたんにひらめいた。

「さっきの豆《まめ》のさや、ボートになるんじゃないかな。」

ぼくがいうと、ウサキチとチュータが声《こえ》をそろえた。

「さすが、イッペー!」

豆《まめ》のさやには、ふたつくぼみがあった。大きなくぼみにウサキチが、小さなくぼみにぼくがはいりこみ、チュータはへさきを自分《じぶん》の場所《ばしょ》にした。ぼくとウサキチが枝《えだ》を水底《みなそこ》について、ぐっとおすと、豆のさやの船《ふね》はぐうっとすすんだ。

「チチッ、出港《しゅっこう》だ!」

船好《ふねず》きのチュータがはしゃいだ。

はじめはバランスをとるのにひやひやしたが、すぐになれた。ずっと枝《えだ》がつける水《みず》

の深《ふか》さでたすかる。

湿地帯《しっちたい》を、むこう岸《ぎし》までのほぼ半分《はんぶん》ほどすすんだとき、

「ききなれた羽音《はおと》がきこえる。」

と、ウサキチがふりかえった。

「チチチッ、いつも、いそがしいときにあらわれるじゃないか。」

と、チュータがいった。

きのうイタチぐらいだったドラゴンは、きょうはスズメぐらいにしか見えない。

スズメほどのドラゴンが、チュータがいるへさきにまいおりたので、チュータはあわてて船《ふね》の底《そこ》にとびおりた。

つばさをおりたたむドラゴンに、ぼくは

声《こえ》をかけた。

「また小さくなったね。」

「それをいうな。」

スズメのドラゴンの声《こえ》はずいぶん高《たか》くて早口《はやくち》だった。

「きょうもコンペイトウをもらいにきたんだろ？」

「そうだ。わるいか？」

「わるくはないけど、きみ、なくなっちゃうよ。」

「まえの日《ひ》の半分《はんぶん》になっていくってことは、なくならないってことだぞ。どこまでいっても、半分はのこるからな。」

「なるほど」とウサキチがいい、

「チチッ、りくつっぽいドラゴンだな」とチュータがいった。

ぼくはつづけた。

「でも、きょうのきみの口《くち》は、コンペイトウがはいるかはいらないかっていう大きさじゃないか。きょうはコンペイトウを食《た》べることができても、あしたになったら、

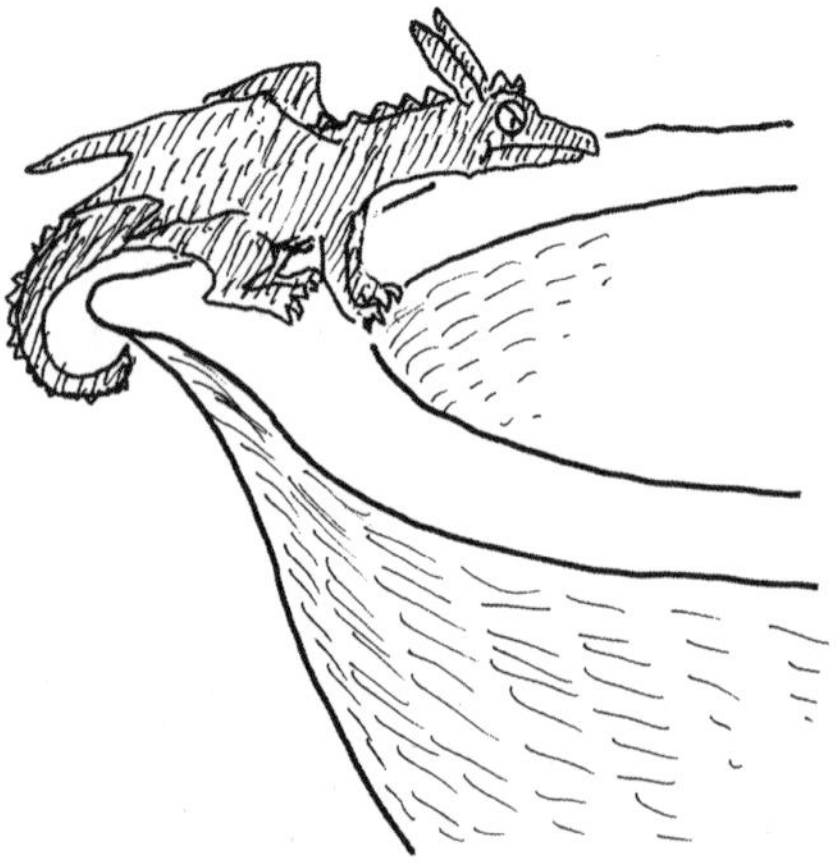

もう口《くち》にはいらないんじゃないかなあ?」

ドラゴンは、うっとつまった。

「どうしてそんないじわるばかりいうのだ。」

「いじわるじゃないよ。心配《しんぱい》しているんじゃないか。コンペイトウを半分《はんぶん》にするとか、一日《いちにち》、食《た》べるのをやめるとかしたほうがいいんじゃないのかなあ。」

ドラゴンは、う、うっとつまって、肩《かた》をおとした。

「おれだって、そんなことを考《かんが》えないわけじゃない。でも、朝《あさ》おきると、もうコンペイトウが食《た》べたくて、食べたくて、しかたがなくなるのだぞ。いまあのあたりに飛《と》んでいけば、コンペイトウをくれるやつがいる、そう思《おも》うと、もう、たまらなくなるのだぞ。」

それをきいたチュータとウサキチが、同時《どうじ》にさけんだ。

「チチッ! わかる!」

「わかる!」

チュータはいった。

「チチッ、ぼくだってそうさ。ボートのなかでなにも食《た》べるものがないとき、目《め》の前《まえ》にオールがあった。これはボートに乗《の》るとき必要《ひつよう》だって知《し》っているんだよ。でも、ひと口《くち》かじってみたんだ。するとこれが、いける。もうひと口かじってみる。いや、だめだ、がまんしなきゃ、でも、もうひと口。そうやって、ぼくはがまんできずに、オールもロープもぜんぶ食べちゃったんだ。」

「そうだろう！」

と、ドラゴンが高《たか》い声《こえ》で大きくうなずき、ウサキチがつづけた。

「ぼくもキョチをまって、なにもすることがないとき、目《め》の前《まえ》にニンジンやリンゴがあるだろ？　食《た》べてばっかりじゃいけないって思《おも》う。思うんだけど、もうたまらなくなって、それを食べるんだ。」

「そうだろう！　そうだろう！」

と、ドラゴンがうなずき、チュータとウサキチを見た。

「すると、おまえたちふたりは、おれがコンペイトウを食《た》べるのに賛成《さんせい》なのだな？」

「チチッ。賛成じゃない。」

「いや、賛成《さんせい》じゃない。」

チュータとウサキチが、また同時《どうじ》に首《くび》を横《よこ》にふったものだから、ドラゴンは「えぇ？」とふたりを見た。

「チッ、チッ、チッ、あとでしなきゃよかったとくやんだぼくだから、もう食《た》べないほうがいいと、忠告《ちゅうこく》できる。」

と、チュータがいうと、ウサキチもつづけた。

「ひとのことだから、正《ただ》しいことがいえる。がまんしなさい。」

ドラゴンはぼくたち三人《にん》を、いやな目《め》つきで見た。

「わかったよ。おれさまは、このボートを燃《も》やす。」

そして大きく、といってもコンペイトウくらいの大きさに口《くち》をあけた。そしてそのまま、すこしまった。こうやって口をあけていれば、コンペイトウをくれるかもしれないと思《おも》ったのだ。

やれやれ、とぼくはためいきをついた。

「あのね、どうしてもほしければあげるけれど、あしたはむりだよ。あしたは、きみの口《くち》にはいる大きさのしかあげないからね。」

それで、コンペイトウをドラゴンの口におしこんでやった。

「！」

スズメほどのドラゴンは、コンペイトウで口のなかをいっぱいにして、うれしそうな顔《かお》のまま、つばさをひろげて飛《と》びたとうとした。が、くわえたコンペイトウでバランスがくずれた。飛びたてず、ぼくの足《あし》もと、チュータの目《め》の前《まえ》にころがりおちてきた。

「チチッ。」

と声《こえ》をあげ、チュータはあわててウサキチのひざに場所《ばしょ》をうつった。

ドラゴンはそこでねころんだまま、しあわせそうにコンペイトウをなめた。

湿地帯《しっちたい》をぬけると、ぼくとウサキチとチュータは豆《まめ》のさやの船《ふね》を陸《りく》にひきあげ、そこから歩《ある》くことにした。ドラゴンはまだコンペイトウをなめているので、そのまま船にのこした。

そのあたりの森《もり》は紅葉《こうよう》の季節《きせつ》だった。

「ここまでの、ひやひやはらはらにくらべると、これはごほうびみたいな森《もり》だなあ。」

と、ウサキチがいった。

ほんとうにきれいな森《もり》だ。まっ赤《か》な葉《は》の木《き》もあれば、黄色《きいろ》の木もある。緑《みどり》の木、オレンジ色の木、そしてすこしずつのぼっている歩《ある》きやすい地面《じめん》。

「おや?」

ウサキチが首《くび》をかしげた。

「なに?」

ぼくがたずねると、ウサキチはかしげた首をこんどはひねりながら、

「れいの羽音《はおと》がきこえるような気《き》がする。」

と、いった。

ぼくたちが立《た》ちどまると、スズメぐらいのドラゴンが、飛《と》んできた。

「きょうのぶんは、もうもらったろ。」

と、ウサキチがいうと、ドラゴンは飛《と》びながら高《たか》い声《こえ》でいった。

「ついていくことにしたぞ。」

「チチッ。ごほうびにはこのドラゴンもついているのかい？」

と、チュータがウサキチを見あげた。

スズメの大きさのドラゴンは、チュータの横《よこ》に着陸《ちゃくりく》した。そしてそのままちょこちょこと歩《ある》きながら、したしげにたずねた。

「ところで、おまえたちは、どこへいこうとしているのだ？」

「チ、このウサキチが」とチュータはウサキチを指《ゆび》でしめした。「はねる力《ちから》をとりもどすために、さいはて山《やま》のてっぺんまでいかなくちゃいけないんだ。」

「さいはて山のてっぺんにいけば、そのはねる力をとりもどせるのか？」

「チチ、なんでも、そこに石《いし》のいすがあって、それにすわればいいらしい。」

「さいはて山《やま》のてっぺんに、石のいす……。あった、か？」

ぼくとウサキチは、チュータとドラゴンの話《はなし》に、顔《かお》を見あわせた。

「あったか、というのはききのがせないな。」

と、ウサキチがいうのにうなずいて、ぼくはドラゴンにたずねた。

「きみは、あの山《やま》のてっぺんにいったことがあるの？」

「ある。」

「それは、いつごろ？」

「いつごろ……、とにかく、からだがもっと大きかったころにな。」

「あの山《やま》のてっぺんにまいおりたの？」

「まいおりたり、飛《と》びまわったり、な。」

ぼくとウサキチは、もういちど顔《かお》を見あわせた。

「チチッ、からだが大きかったから、いすのこと、気《き》がつかなかったのかもしれないね。」

と、チュータがとりなすようにいった。

その日《ひ》の夕方《ゆうがた》まで、なだらかなのぼり坂《ざか》の紅《こう》葉《よう》の森《もり》を歩《ある》いた。

やがて森がおわると、そこからむこうは草原《そうげん》だった。

草原《そうげん》のむこうにこんもりとつきでた山《やま》がある。山の上に、おまけのように山があるのだ。そのおまけの山のてっぺんが、さいはて山の頂上《ちょうじょう》らしい。

おまけの山が、夕焼《ゆうや》け空《ぞら》にシルエットになって浮《う》かんでいる。あすには頂上《ちょうじょう》にのぼれそうだ。

ぼくたちは、森《もり》のはずれでねむることにした。

17　さいはて山《やま》の頂上《ちょうじょう》のいす

朝《あさ》、目《め》がさめて、ぼくたちはおどろいた。

ドラゴンが小さくなっていたのだ。つばさをひろげても、トンボぐらいの大きさにしか見えない。

「チチッ！　ドラゴン！　きみ……。」

チュータはそのあとのことばをつづけることができなかった。かわりにドラゴンが、

「……。」

と、なにかいった。が、小さなキイキイ声《ごえ》でなにをいっているのかわからない。みんなはドラゴンに耳《みみ》をちかづけて、ききとろうとした。ききとれたのはチュータだ

けだった。

「チ、びっくりしただろ？　っていってる。」

「……。」

「おれはこうやって、っていってる。」

「……。」

「朝《あさ》めざめると、っていってる。」

「……。」

「小さくなっているのだ、っていってる。」

ぼくたちは顔《かお》を見あわせた。

「ねえ、ドラゴン」と、ぼくは話《はな》しかけた。「これから食事《しょくじ》にしようと思《おも》うんだ。それで、きみは、口《くち》にはいるくらいの、コンペイトウのかけらでいいかなあ。」

「……」と、ドラゴンがこたえ、チューターが「チ、それでいい、っていってる」と通訳《つうやく》した。

ぼくたちは顔《かお》を見あわせた。どうしてもひとつぶほしがるだろうと思《おも》っていたの

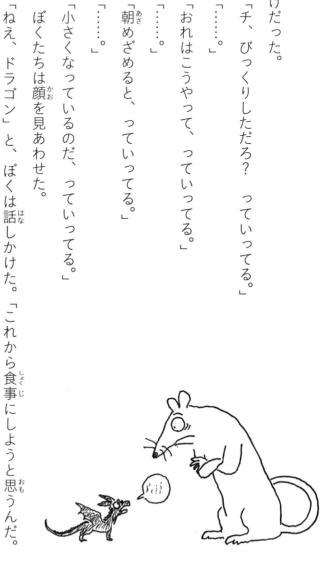

だ。もしかするとドラゴンも、こんなに小さくなってしまうと、これはいけないと考《かんが》えたのかもしれない。

食事《しょくじ》をおえたぼくたちは、さいはて山《やま》の頂上《ちょうじょう》、おまけの山にむかって、草原《そうげん》を歩《ある》きはじめた。

ちかづくにつれ、おまけの山のふもとの部分《ぶぶん》に、かわいたような色《いろ》の、背《せ》の低《ひく》い木《き》がならんでいるのが見えてきた。

さらにちかづくと、その木は長《なが》くするどいとげがぎっしりとからみあったイバラだとわかった。それが枯《か》れて、かたくなっている。とてもかきわけてのぼれそうにない。

むこうにまわれば、イバラがとぎれているかもしれないと、山《やま》のふもとをまわってみた。だめだった。山のふもとはとぎれることなく、イバラでかこまれていたのだ。

イバラをとりのぞかないと、頂上《ちょうじょう》にはのぼれない。

ぼくは目《め》の前《まえ》のとげのないところをつかんで、ひっぱってみた。まわりのイバラとからみあって、ひっぱりだせない。枝《えだ》をおろうともしてみたが、おれそうにない。

オノとか、ノコギリとか、植木《うえき》ばさみとか、なにか道具《どうぐ》があればなあとぼくは思《おも》った。

「それじゃ、ここから上にはのぼれないってことかい?」

ウサキチがなさけない声《こえ》をだした。

「……。」

ドラゴンがキイキイ声《ごえ》でなにかいっている。

「チチッ、ドラゴンが」と、チューターがいった。「そいつに、火《ひ》をはきかければどうだろう、っていってる。」

「こんな小さなドラゴンに、こんなにたくさんのイバラを燃《も》やせるかなあ。」

と、ウサキチが首《くび》をかしげた。

「いや、マッチ一本《いっぽん》で大きな家《いえ》の火事《かじ》がおこるんだ。」

と、ぼくはいった。

「チッ、とにかくやってもらおうよ。」

と、チューターがいって、ドラゴンは枯《か》れたイバラのからまったところに火《ひ》をはきか

けた。

小さなドラゴンのはくほのおは、長《なが》さ十センチ、時間《じかん》にして三秒《びょう》ほどのものだった。けれど、枯《か》れたイバラのトゲの先《さき》に、小さな火《ひ》をつけることができた。その小さな火は、またたくまに燃《も》えあがり、音《おと》をたてて、燃えひろがっていった。

「すごい、すごい。」火《ひ》のいきおいにあとずさりながら、ぼくたちは「ありがとう、ありがとう」とドラゴンにお礼《れい》をいった。

「……。」

ドラゴンもなにかいったけれど、よくきこえなかった。

すべてのイバラが燃《も》えつきて、灰《はい》になると、地面《じめん》がそれほど熱《あつ》くないことをたしかめて、ぼくたちはおまけの山《やま》をのぼりはじめた。

おまけの山は土《つち》と石《いし》と岩《いわ》でできていた。足場《あしば》をたしかめて、すべりおちないように、のぼっていく。

「長《なが》かった旅《たび》がもうすぐおわる。」

と、ウサキチがいった。

「旅《たび》はかえり道《みち》もあるから、半分《はんぶん》おわるってことだろ?」

ぼくがいうと、ウサキチは首《くび》をふった。

「ぼくがはねる力《ちから》をとりもどしたら、きみたちを肩《かた》ぐるまして、一日《いちにち》でかえれちゃうよ。」

もうすぐはねる力をとりもどせるというのがうれしくて、冗談《じょうだん》をいっているのだろうとぼくは思《おも》った。だから、

「そりゃすごいなあ。」

と、おどろいた顔《かお》をしてウサキチを見た。ウサキチはにやにやわらっている。

「チチッ、山賊《さんぞく》にもであわないよね。」

と、チュータがいった。チュータは本気《ほんき》にしているようだ。

「もちろんさ。」

と、ウサキチはこたえた。


「さあ、頂上《ちょうじょう》だ!」

ウサキチは、じょうきげんの声《こえ》でさけんで、さいごの坂《さか》をかけのぼった。そしてじょうきげんではない声で、もういちどさけんだ。

「石《いし》のいすがない!」

さしわたし十メートルほどのおまけの山《やま》の上は、ほぼひらた

くなっていて、土《つち》と石《いし》があるだけだ。いすのようなものはどこにもない。

「えぇ？　どういうこと？」

ウサキチは、ぼうぜんと立《た》ちつくした。

「ここまでの旅《たび》は、いったいなんだったんだ。なんのためにそりになったり、山賊《さんぞく》からにげたり、つるをのぼったりしたっていうんだ。」

ちからなくつぶやいているウサキチに、ぼくはいった。

「ちょっと、まって。ここらあたりにちらばっている白《しろ》っぽい石《いし》って、いすだったんじゃないかな。」

「いすがこわれているってこと？」信《しん》じられないという顔《かお》でウサキチがつぶやいた。「それじゃあ、ぼくのはねる力《ちから》も、こわれちゃったってこと？」

「ここでだれかがあばれて、いすをこわしたんだと、ぼ

く は思《おも》うな。」

ぼくはそのあたりの地面《じめん》をゆびさした。

そこには、どこかで見たことがある大きな足《あし》あとがついていた。

ぼくはドラゴンを見た。

「ドラゴン、きみには、おぼえがあるんじゃないか?」

「…………。」

ドラゴンがいったことばを、チュータが通訳《つうやく》した。

「チチ、ここで、飛《と》んだりはねたりしたときに、なにかをこわしたような気《き》がするかもしれない、っていってる。」

それをきいて、肩《かた》を落《お》としてうらめしそうに自分《じぶん》を見ているウサキチから、ドラゴンは目《め》をそらして、なにかキイキイ声《ごえ》でいった。

「…………。」

「チ、そんなにたいせつなものをこわしてしまったかもしれなくて、わるかった、っていってる。」

チュータが通訳《つうやく》する。ウサキチはあいかわらず、うらめしそうにドラゴンを見て
だまっている。

「……。」

「チ、ほんとにわるかった、っていってる。」

見て、だまっている。

「…………。」

「チ、チ、チ、いすみたいなものをこわしたような気《き》がしてきた。でも、はねる力《ちから》みたいなものは、こわした気がしない、っていってる。」

「そんなへりくつを……。」

と、いいかけたウサキチを、ぼくはさえぎった。そして、

ちらばる白《しろ》い石《いし》を見ながらいった。

「まって、まって。もしかすると……、できるかもしれない。」

ウサキチがたずねた。

「なにができるかもしれないの？」

「はねる力《ちから》はこわれていなくて、いすにもすわれるかもしれない。」

ちらばる石《いし》を、パズルのようにくみあわせて、いすのかたちにもどせるかもしれないと、思《おも》ったのだ。

つみかさなっている白《しろ》い石を、ひとつひとつとりあげて、まわりにきれいにならべてみた。すると、もとの場所《ばしょ》に、土台《どだい》になる四角《しかく》い石がこわれずに土《つち》にうまっているのがわかった。

四角《しかく》い石《いし》の、角《かど》になる部分《ぶぶん》は直角《ちょっかく》だ。それをかけらのなかからよりだして、土台《どだい》の角にひとつひとつあてはめてみる。それが決《き》まると、この部分《ぶぶん》、あの部分にぴったりあう石をさがしだし、いくつかの石をくみあわせ、二段目《だんめ》が完成《かんせい》した。

ぼくがなにをしているのかわかったみんなも、自分《じぶん》ができることをてつだいはじめた。やがて、ひびわれだらけで、すきまだらけの白《しろ》い石《いし》のいすが完成《かんせい》した。

「さすが、イッペーだな。」

と、ウサキチがいった。

「さあ、すわってみて。」

と、ぼくがいった。

ウサキチはそっと、いすにこしかけた。みんなは息《いき》をひそめて、見まもった。

「どう？　はねる力《ちから》、もどってきた？」

ぼくはウサキチをのぞきこんでたずねた。

ウサキチは首《くび》をひねった。

「なにかがもどってきた感《かん》じは、しないなあ。」

そのとき、いすのうしろにまわったドラゴンが、いすのすきまに口《くち》をつけ、力《ちから》いっぱい火《ひ》をはいた。

ひびとすきまだらけのいすだったから、とうぜん、ウサキチのおしりに火がついた。

「あちっ！」

とさけんでウサキチはとびあがった。

「おおぉぉぉぉ！」

ほかの三人《にん》は目《め》と口《くち》をまるくして、空中《くうちゅう》のウサキチのすがたを目でおった。三十階建《かいだ》てのビルぐらいの高《たか》さまでとびあがったと、ぼくは思《おも》う。

空中《くうちゅう》からもどってきたウサキチは、ひょいと着陸《ちゃくりく》した。

はねる力《ちから》は、もどったのだ。

「やったね！　ウサキチ！」

「チチチチチッ、まえよりすごいな！　はねる力！」

「……！」

三人《にん》はウサキチをたたえた。

「いやあ、なにからなにまで、イッペー、チュータ、そしてドラゴン、きみたちのおかげだよ。」

ウサキチはにっこりわらった。

「それにしても」と、ぼくはドラゴンにたずねた。「どうして、火《ひ》をはこうと思《おも》ったの？」

ドラゴンが「……」とこたえ、チュータが通訳《つうやく》した。

「チチ、ドラゴンというものはここに火《ひ》をはいたらどうなるかと思《おも》ったら、はかずにはいられないものなのだ、っていってる。」

ぼくはウサキチと顔《かお》を見あわせた。

18 そうだったんだ

ウサキチが「きみたちを肩《かた》ぐるまして一日《いちにち》でかえっちゃうよ」といったのは、ほんとうだった。

ウサキチがぼくを肩《かた》ぐるまして、ぼくの両肩《りょうかた》にチュータとドラゴンがつかまった。そして、ウサキチははねた。

さいはて山《やま》のてっぺんから、ひとはねでイバラを燃《も》やしたふもとまで、それから三つはねると紅葉《こうよう》の森《もり》の入《い》り口《ぐち》へ、つぎのひとはねで紅葉の森をとびこし、湿地帯《しっちたい》は島《しま》から島へとはね、あっというまに崖《がけ》の上の大きな木《き》の前《まえ》に、つぎのひとはねで、つるがはいのぼる崖の下に、といままでの旅《たび》をはやおくりでまきもどしているようだった。耳《みみ》もとで風《かぜ》がびゅうびゅう鳴《な》った。

ウサキチは「ヒャッホウー！」
ぼくは「わあ！」
チュータは「チ、チ、チ！」
ドラゴンは「……！」
と、ひっきりなしにさけんでいた。
そんなぐあいで、その日《ひ》の夕方《ゆうがた》には、魔女《まじょ》ミュータンの家《いえ》までもどってきたのだ。

ミュータンは、あのふしぎなスカーフでぼくたちのことはぜんぶ見ていたようで、お茶《ちゃ》の用意《ようい》をして、まっていた。こんどはフルーツケーキがついている。

「ウサキチ、おめでとう。」

と、ミュータンはいった。

「いやあ、さいはて山《やま》のてっぺんのいすが、こわれていたときは、もうだめだと思《おも》ったよ。」

そういうウサキチに、ミュータンは、

「そうかい？　わたしゃ、なんとかするだろうと思《おも》っていたけどね。」

と、わらった。

小学《しょうがく》一、二年生《ねんせい》にしか見えないミュータンの、このしゃべりかたには、ぼくはどうしてもなじめない。

お茶《ちゃ》をのみながら、ミュータンはくっくっとわら

いながらいった。

「ほんとうは、あんないすは関係《かんけい》なかったんだ。」

ぼくたちは、え？　とミュータンを見た。

「じゃあ、ウサキチはどうしてはねる力《ちから》をとりもどせたの？」

ぼくがたずねると、ミュータンはわらいながらいった。

「毎日必要《まいにちひつよう》なぶんしか食《た》べないで、歩《ある》いたり、すべったり、のぼったりしていたろ？　ずっとトレーニングしていたようなものじゃないか。ウサキチは自分《じぶん》ではねる力《ちから》をとりもどしたんだよ。」

ぼくたちは、号令《ごうれい》をかけられたように、口《くち》をあんぐりとあけた。

「ほんとに？」と、ウサキチがたずねた。

「ほんとに」と、ミュータンはうなずいた。「食《た》べるのをへらして、トレーニングをするなんて、ウサキチには自分《じぶん》ひとりでは、できなかっただろ？」

ウサキチが、う、とつまっているので、ぼくとチュータが、

「できなかった。」

「チッチッチッ。」

と、こたえた。

「じゃあ」と、ぼくはたずねた。「はねる力《ちから》をミュータンがとりあげたっていうのは？」

ミュータンは肩《かた》をすくめた。

「ウサキチのでたらめさ、そうだねえ、ウサキチ。」

ウサキチは窓《まど》のそとを見て、つぶやいた。

「推理《すいり》といってほしかったなあ。」

お茶《ちゃ》がおわって、ぼくはもどることにした。

ミュータンとチュータ、ドラゴンとは、ミュータンの家《いえ》の前《まえ》でわかれた。

くだものの森《もり》を歩《ある》きながら、もうコンペイトウをもらえなくなるドラゴンは、このあとどうなるのだろうかと思《おも》った。また大きくなってさいはて山《やま》にかえるのかもしれない。きっとそうだ。だって、とうげからむこうはドラゴンのなわばりだもの。

くだものの森《もり》をぬけたところで、ぼくはとびはねてみた。三十センチぐらいしかとびあがらなかった。

なにをしているんだと、ウサキチはぼくを見た。

「いや、ミュータンはああいったけど、やっぱりウサキチのはねる力《ちから》は魔法《まほう》でとりあげられていて、あのいすにとじこめられていたのかもしれないな。」

と、ぼくがいうと、ウサキチは首《くび》をかしげた。

「どういうこと?」

「だって、ぼくはウサキチとおなじように、トレーニングしたはずだろ。そりはやってないけどね。それなのに、ウサキチのようにははねられないじゃないか。」

ウサキチは「うーん」とうなってから、こういった。

「ま、はねる力《ちから》がもどったんだから、どっちでもいいんじゃないかなあ。」

ウサキチらしい返事《へんじ》に、「そうだね」とぼくはわらった。

ウサキチはきりかぶのところまでおくってくれた。

「じゃあ。」

と、ぼくがいうと、ウサキチも、

「じゃあ。」

といった。

ぼくはウサキチをだきしめた。

とつぜんそうしたくなったのだ。

ウサキチもぼくをだきしめた。

「キヨチじゃなくて、わるかったね。」

と、ぼくがいうと、

「イッペーはイッペーでいいんだよ。」

と、ウサキチはいった。ウサキチはやわらかかった。

それで、ぼくたちはわかれた。

ツタの通路《つうろ》の前《まえ》で、ぼくはいちどふりかえった。大きなウサギもこちらを見ていた。ぼくとウサギは手《て》をふりあった。

それからぼくはくつをぬいで、通路《つうろ》にはいっていった。
通路がせまくなり、手《て》とひざですすみだしたころ、むこうのほうにあかりが見えた。ランタンだ。
ランタンのろうそくは、ずいぶん短《みじか》くなっていた。

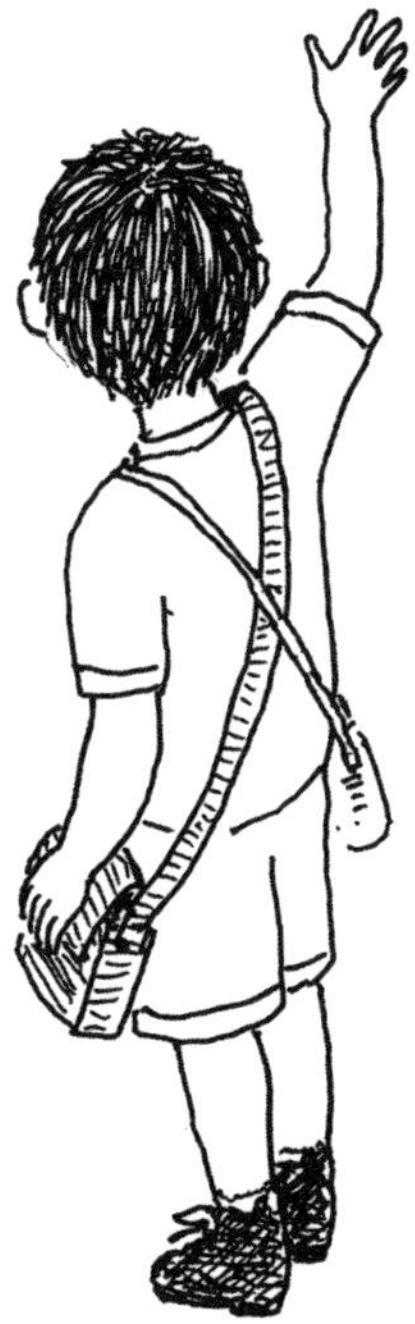

「一平《いっぺい》!」

とつぜん、もうひとつの光《ひかり》に目《め》がくらんで、おどろいた。手《て》で光をさえぎると、お父《とう》さんが懐中電灯《かいちゅうでんとう》で、こちらをてらしていた。

「ごめん、ごめん。おそくなってしまった。停電《ていでん》していたんだな。こころぼそかっただろう。」

ぼくは、ううん、と首《くび》をふった。それから、机《つくえ》の下からそとに出《で》て、ひらいたまだった森《もり》の写真集《しゃしんしゅう》をとじて本棚《ほんだな》にもどし、ランタンのろうそくの火《ひ》を、注意《ちゅうい》ぶかくふきけした。

まだ雨《あめ》はふっている。

病院《びょういん》へむかう車《くるま》のなかで、お父《とう》さんがいった。

「おじいちゃんの手術《しゅじゅつ》、うまくいったんだって。」

よかった、とぼくはうなずいた。

ワイパーが音《おと》をたてて、雨《あま》つぶをはじく。

しばらくワイパーの音をきいたあと、お父《とう》さんはいった。

「一平《いっぺい》がおじいちゃんの机《つくえ》の下にいるのをみつけたとき、びっくりしたなあ。あそこはぼくが子《こ》どものときに、よくはいりこんでいたところなんだ。」

ここではじめて、ぼくは気《き》づいた。

お父さんのなまえは清《きよし》だ。キヨシ。……キヨチ。

そうだったんだ。

ちょっとまよって、ぼくはいった。

「お父《とう》さん。」

「なんだい?」

お父《とう》さんは運転《うんてん》をしながら、ききかえした。

「からだの大きいウサギがね、ウサキチっていうなまえなんだけど、ぼくを見て、おそかったじゃないか、ずっとまってたっていったんだ。」

お父さんはすこし首《くび》をかしげて、なんのことだろうという顔《かお》をした。それから、

「ウサキチ……?」と、つぶやいた。「なんだか、なつかしいひびきだな。そのウサキチがどうしたんだ?」

——わすれているんだ。

そう思《おも》ったあと、チュータの「わすれていてもだいじょうぶ、キヨチはキヨチなんだから」を思いだした。

ぼくは、これだけはいっておこうと思《おも》って、いった。

「あのね、そのウサキチは、元気《げんき》だったよ。」

ぼくは、またウサキチにあいにいこうと思った。そして、もしかするとお父《とう》さんもそう思っていたのかもしれないな、と思った。


（おわり）

岡田《おかだ》 淳《じゅん》

1947年、兵庫県に生まれる。神戸大学教育学部美術科卒業。図工専任教師として小学校に38年間勤務。その間に『ムンジャクンジュは毛虫じゃない』でデビューし、斬新なファンタジーの手法で独自の世界を描く。『放課後の時間割』（日本児童文学者協会新人賞）『学校ウサギをつかまえろ』（同協会賞）『雨やどりはすべり台の下で』（サンケイ児童出版文化賞）『扉のむこうの物語』（赤い鳥文学賞）「こそあどの森」シリーズ（野間児童文芸賞）『願いのかなうまがり角』（産経児童出版文化賞フジテレビ賞）『こそあどの森のおとなたちが子どもだったころ』（産経児童出版文化賞大賞）、巌谷小波文芸賞受賞。 他に『二分間の冒険』『ふしぎの時間割』『竜退治の騎士になる方法』『フングリコングリ』『魔女のシュークリーム』『夜の小学校で』『森の石と空飛ぶ船』『図書館からの冒険』「カメレオンのレオン」シリーズ、エッセー『図工準備室の窓から』、絵本『ヤマダさんの庭』、マンガ『プロフェッサーPの研究室』等。

机《つくえ》の下《した》のウサキチ

発 行	2024年5月 初版第1刷
作 者	岡田 淳
装 幀	中嶋香織 本文デザイン 田中明美
発行者	今村正樹
発行所	株式会社偕成社 https://www.kaiseisha.co.jp/ 東京都新宿区市谷砂土原町3-5 電話03-3260-3221
印 刷	中央精版印刷株式会社・小宮山印刷株式会社
製 本	株式会社常川製本

NDC913 偕成社 223P 22cm ISBN978-4-03-610210-5

本のご注文は電話・ファックスまたはEメールでお受けしています。

電話03-3260-3221 FAX03-3260-3222 E-mail sales@kaiseisha.co.jp